深醉日本游

一般社团法人 DIRECTFORCE 观光立国研究会 编

杨玲 朴丽华 译

臧理 中山弘之 译校

日本再発見紀行

平成の今を伝えるこころの旅路

人民东方出版传媒
People's Oriental Publishing & Media
東方出版社
The Oriental Press

前　言

松尾芭蕉曾在《奥之细道》的开篇中写道："岁月为百代之过客，逝去之岁月亦为旅人也。"从古至今，许多名言警句都把人生比作旅行来讲述其中的道理，但旅行却是比任何道理都更可靠的依据。只有去旅行，才会在不问不语中领悟并思考什么是人生。

本书是由对人生和旅行具有丰富经验和深刻感悟，而且造诣颇深的实业家在游历当今日本之后写下的游记。他们前半生活跃在商界的第一线，如今从一线退下，迎来了人生中更为充实，宛如丰收之秋的阶段。他们在这个收获丰硕果实的时期启程，来到一个个与他们缘分颇深，充满回忆的地方。在那里再次感受到日本独有的美，并用质朴的言语写成了这本游记。希望读者在读过之后，也能去亲自感受一下。

这本书收录了55位旅人从日本北部的北海道到南部的冲绳，无一遗漏地游遍47个都道府县后写下的共71篇游记。我们以每一个都道府县收录一到三篇游记为标准向大家征集文章，最终整理出71篇游记。旅人们在他们一心向往的旅行之地，运用独特的视角和切入点，着力表达出多彩的所知所感，再一次去发现日本的魅力所在，希望读者可以轻松阅读，享受旅行，喜欢我们推荐的景点。

但是，本书并非旅行指南，也不是向读者提供景点、住宿等信息的手册。本书不只是介绍旅人对风景名胜的感官体验及当地的风俗活动、历史文化、特产美食，更重要的是深度挖掘那些在一般的旅行指南中无法得知的景点中隐藏的魅力，这是本书的特色。

但是，这55位旅人并非专业作家，所以言辞十分质朴，这种坦率的表现力能更好地将各地隐藏的魅力展现出来，传递给大家。这也是本书引以为傲的一点。作者们怀着向读者展示当地魅力的愿望，一字一句地写下这些游记。希望读者能在字里行间感受到他们的心意。

旅人们在全国各地进行取材时，得到了各地政府咨询窗口、博物馆等诸多相关机构的大力支持，在此表示衷心的感谢！

编辑委员会 共同代表 嶋矢志郎

推荐序

本书让人读起来有一种仿佛自己现在畅游在日本的感觉。

想要通过发展旅游业使城市更有活力的人，对地域文化感兴趣，并从事相关工作的人，请一定来读一读这本书。

由于作者都曾是一流企业的干部，这部由他们的心血凝成的作品与那些在书店里常见的旅行指南完全不一样，它以敏锐的眼光挖掘出71个地域的魅力。因此，本书能够充分满足不同年龄以及拥有不同兴趣的读者的好奇心。

本书还能为想要振兴和发展所居住地区的人们带来前所未有的刺激。很多人想要提高所居住地区的知名度，却没有意识到一些来自外部的真知灼见很有价值。这本书就是要把这些真知灼见献给大家。

现在每年赴日旅游的外国游客已经超过2400万人次，日本政府最近又将访日人数的目标定为4000万人次，而我们几乎每天都能看到访日旅行的新闻。我希望这本书能够为铸就高质量的境内旅游贡献一份力量。

原观光厅长官 井手宪文

目　录

奶酪业日本第一　从别海镇开启北海道东部之旅

北海道各地的地名基本上都来源于阿伊努语。而北海道的命名者则是从探险家成为开拓使的官吏松浦武四郎。据说北海道的“海”字在阿伊努语中的意思是：同一部族的世界。阿伊努人是这片土地的原住民。

江户幕府在刚刚建立的时候，幕府统治的地区叫作“和人地”。和人地仅包括渡岛半岛的南部，面积还不到北海道的5%。而阿伊努人生活的地方作为“虾夷地”，在一段历史时期被限定只能与官员和有交易关系的商人来往。

别海镇位于根室振兴局的中心，景色秀丽，是北海道的代表性城市。如果说富良野是北海道的中心地，那么别海镇就是北海道东部的中心地。这个镇子出名的原因并不是因为它人口稀疏（1.8人/km^2），而是因为它有着日本第一的乳畜业，这里饲养着11万头牛，其数量是当地人口的7倍。昭和三十一年（1956）日本从世界银行获得融资，打算把根钏台地作为试验田开始举国性地开拓。由于刚开始的开拓事业未能顺利进行，致使许多殖民者选择离去。但是几经磨难后，别海镇最终成了日本第一的乳畜业城镇。如果那些当时离去的开拓者看到现在的别海镇，一定会潸然泪下吧。

来到别海镇，你首先应该去的就是野付半岛。野付半岛、尾岱沼、风连湖是《拉萨姆湿地公约》指定的区域，也是野生动物的宝库。

野付这一地名源于阿伊努语中“下巴”一词。这里有日本最大的沙坝，在春秋两季限定的捕鱼期里，我们能看到渔夫迎风开着打濑舟，在海里捕捞北海虾的场景。当你看到“todowara”“narawara”等森林沉入海中形成广袤的湿地，你一定会感受到人类的力量是多么渺小。而与这一自然美景相对的是浮在海上的国后岛。坐船从野付半岛出发，航行 8 千米就能看到国后岛上的俄罗斯建筑。

俄国的叶卡捷琳娜二世曾派拉克斯曼护送漂流到阿留申岛的大黑屋光太夫回国。当时是宽政四年（1792），拉克斯曼的船就停靠在野付半岛的茨散。拉克斯曼来到日本后，经根室来到长崎。为了和日本通商，他一直在这里等待和日本幕府的交涉。拉克斯曼比佩里来到日本的时间还要早 60 多年，想来是一段不可思议的“历史故事”

笔者在职时（现已退休）曾在此居住 过 15 年，在笔者看来，确信最具北海道特色的风景就在北海道东部。它的魅力莫过于雄伟壮观的自然景色，以及和远处的野生动物亲密接触的机会。

虽然一年中有半年的时间都被冰雪覆盖，但是每个季节的景色都别有一番风味。当你走进别海镇的加贺家文书馆，就可以了解到江户末期的阿伊努人和加贺传藏交流的历史。如果你爬上别海北方观景台，不仅能将野付半岛的景色尽收眼底，还能凝视一座名为“呐喊·通向四岛之路”的雕像，缅怀过去的历史。

别海镇到知床半岛、摩周、阿寒湖、根室、厚岸、钏路的距离几乎是相等的。因此，这座城市很适合成为旅行的起点。别海镇政府的周围集中分布着医院、学校、疗养院等公共机构。由此可以看出，这座小城镇从很早以前就开始着手为居民及老人、孩子、残障人士等弱势群体提供便利的公共服务。

佐野力三元原镇长从昭和六十二年（1987）开始担任镇长，在连任5届的20年间一直领导着别海镇的行政。他的理念被现在的议会及政府继承下来。如果你对城镇振兴感兴趣，那这座城市非常值得一看。

（桃井直达）

怀旧之旅　漫步札幌

明治四十五年（1912）的《都啊弥生》，大正十二年（1923）的《钟楼的钟声》，昭和三年（1928）的《这条路》这三首歌曲分别代表了明治、大正、昭和三个时代的札幌。我们这些已过中年、伫立在暮年之际的一代人是多么想哼着这些歌儿，穿越回那个年代啊。每当听到《钟楼的钟声》那优美的歌词和旋律，心中便对白杨枝头、洋槐，还有那山间牧场的羊群充满憧憬。很想有机会再去看一看，这大概不只限于我一个人吧。

札幌市市民宪章的前半章中有这样一句话，“钟楼里的钟声就是札幌人的声音”。《钟楼的钟声》这首歌已经成为扎根札幌市民心中的歌曲。

现在的札幌，人口已经达到195万，是北海道的政治、经济、文化中心。在2016年10月举行的“夜景峰会”中，长崎、札幌、神户被评选为“日本新三大夜景都市”，札幌位列第二。在札幌电视塔或藻岩山的缆车等处观赏夜景，是绝对不容错过的“节目”。

明治二年（1869），榎本武扬率军投降，设立开拓使（之后的北海道厅），虾夷地改称北海道，自此北海道的近代史拉开了帷幕。

明治二十一年（1888），美式风情的北海道政府大楼——红砖旧政府大楼建成，成为北海道开拓时代的代表性建筑。

说起开拓时代的历史文化，必须提及那些在北海道开拓中发挥了重要作用的外国人。曾向美国寻求开拓的模范方针，聘请了许多外国人为北海道的开拓出谋划策，其中最具代表性的人物包括凯普隆（美国农务局长官），以及札幌农业学校（后来的北海道大学）教务主任克拉克博士（美国马萨诸塞州农科大学校长）。文章开头介绍的“钟楼”以札幌农业学校的第二代教务主任威廉·怀拉的构想为基础，作为“演武场”于明治十一年（1878）建成。正面悬挂的“演武场”木匾是依照岩仓具视的挥毫之作雕刻而成的。

克拉克博士仅仅在日本待了 9 个月就回到了美国，但是他在旧岛松驿站（北广岛市）留下的“马背上的训话”：*Boys be ambitious*（少年们，要胸怀大志）已成为名句。但据说他的原话是：*Boys be ambitious like this old man.*(少年们，要像这位老人一样胸怀大志！）

有关这些在北海道留下了足迹的外国人，在平成二十八年（2016）重新翻修开馆的北海道大学综合博物馆（北海道大学校内）有详细的资料记载。这座博物馆中最精华的部分就是照片展示板，展板中介绍的克拉克博士的精神对内村鉴三、新渡户稻造，而且对后来的矢内原忠雄、南原繁和石桥湛山等人的思想都带来了深远的影响。同时可借此机会去拥有榆木林的北海道大学的校园内散步，去看看中央草坪和克拉克博士像，以及杨树林旁边的新渡户稻造博士的纪念碑（碑上刻字：I wish to be a bridge across the pacific），此外不妨再去长约400米的北海道大学银杏林里走一走。校园里，春夏的绿叶鲜嫩碧绿，晚秋的黄叶闪耀金光，银杏林的风光着实壮观。

在实业界里，“札幌啤酒博物馆”记录了明治时期的实业家的人生轨迹。北海道的啤酒制造开始于明治九年（1876），当时建成了“开拓使麦酒酿造所”，之后，涩泽荣一等人于明治二十年（1887）成立“札幌麦酒公司”。博物馆展览了中川清兵卫的故事，他是首位在德国学习啤酒酿造的日本人，被称作啤酒酿造的先驱。另外，馆内还有啤酒的历史、制造过程以及近代为止的经典啤酒广告和宣传海报等。

大通公园、圆山公园、北海道神宫、中岛公园、丰平馆、护国神社及神社里的彰德苑（内有nomonhan、attsu岛、mereyon岛等多座悼念阵亡者的石碑）、艾德文·唐（Edwin Dun）纪念公园、羊之丘观景台，漫步完这些地方后，还可以去夜晚的博野逛逛。当地人把博野商业街的地下一层叫作“博野0号街”，这里聚集了昭和复古风情的酒吧、小酒馆和居酒屋，是一条充满怀旧气息的小吃街。

（绀野猷邦）

背靠八甲田和厚雪中的“汤治场”——酸汤温泉

诗人石川啄木曾在诗中写道，“故乡的山令人满怀感恩之情”。每个日本人心中都有一座故乡的“感恩山”。

笔者的故乡位于本州岛最北端的青森市，这里以睡魔祭和三内丸山绳文遗迹而闻名。当地的八甲田就是那座令人满怀感恩之情的山。

八甲田有过一段悲惨的历史。日俄战争开战前的明治三十五年（1902）1月，青森步兵第五连队在八甲山进行行军训练时遭遇暴风雪，在大约零下20℃的气温下，210名士兵中有199名在寒冷中死去。尽管如此，对青森市民而言，这座位于青森市南部、岩手县和秋天县县界的连绵山脉雄伟、壮丽的山就像是“后背的护身符”一样，从背后保护着青森市。而且这座山赐给了青森清甜的水，在这里可以尽情享受采野菜、采蘑菇的乐趣，享受大山的恩赐。

那么，“八甲田山”具体是指哪座山峰呢？一定有许多人对于高仓健主演的电影《八甲田山》印象深刻，但是八甲田山并不是一座单独的山峰，它是以大岳为代表，和其他十座海拔1500米以上的山峰连在一起所形成的“八甲田连峰”，或称作“八甲田”。

八甲田连峰婀娜多姿，虽然海拔不高，但由于所处的纬度高，山上生长着多种在中部山岳地带3000米以上才能见到的高山植物。八甲田还分布着田代平湿原、田茂萢湿原等大大小小的湿原（潮湿的草原），在这里6月份可以看到群生的毛膏菜，夏天可以看到群生的金红花等植物。前几年修建了八甲田缆车，游客可以乘坐缆车轻松到达八甲田连峰其中之一的田茂萢岳山的山顶。从这座山山顶可以眺望津轻半岛、下北半岛，以及被两个半岛环抱在内的陆奥湾壮观的全景，冬天还可以欣赏到有雪怪之称的“树冰”。

五十六万年以前，由于八甲田一带火山活动频繁，形成了许多温泉。比如八甲田温泉、猿仓温泉、谷地温泉等多个各具特色的温泉，其中最值得推荐的当属酸汤温泉。这个温泉位于海拔900米的八田山主峰——大岳的登山口。酸汤温泉从江户时期开始作为温泉疗养院繁荣起来，已经有300年的历史，并于昭和二十九年（1954）与日光汤元温泉、四万温泉（位于群马县）一同被评选为国民保养温泉地第一名。传说鹿曾经在这个温泉治愈疗伤，因此早期被叫作鹿汤（shikayu），后来改称为酸汤（sukayu）。也许因为津轻方言将“shi（鹿）”读作“su（醋）”

的缘故，所以它现在的名字成了“酸汤温泉”。

这个地方，冬天的积雪可高达6米高。其他温泉冬季都停止营业，唯独酸汤温泉清除周边的积雪，保证道路顺畅，因此全年无休。酸汤温泉的亮点是“丝柏千人浴池”，它的特点是男女混浴和药效很高的水质。温泉浴池全部由青森县生产的罗汉柏制造，大浴场的面积约有248平方米，中间没有任何支柱。大浴场中不仅有水温稍低的“热汤”池，还有水温较高的“四分六分”池。为女性着想，在到达“四分六分”池的地方设置了遮挡视线的屏风式内走廊。整个浴池被硫黄泉的热水所浸染，浴池和地板都被染成了黑褐色，浴池中飘荡着硫黄和丝柏混合在一起的独特香味。

日本的温泉，根据温泉水的化学性质被划分为单纯泉、二氧化碳泉等11种，而酸汤温泉由硫黄泉和酸性泉混合而成。因此对皮肤病、神经痛、肌肉痛、糖尿病等病痛疗效明显。温泉水是浓浓的乳白色，可以很好地滋润肌肤。在这里泡温泉，就像是在品尝一道味道浓郁的农家菜肴。

另外，酸汤温泉至今还有可以自己做饭的温泉疗养院。在令人手脚僵硬的冬季，来到这里住下，在丝柏千人浴池中泡个澡，再自己烤一些扇贝，喝点当地的“田酒”，听一听四周的津轻话。尽管大家可能听不懂这些方言，可是它的发音却很悦耳。

（横内俊夫）

旧南部藩浓郁的历史浪漫情怀

从 4000 年前的绳文遗迹・御所野遗迹到基督教传说，旧南部（盛刚）藩的大地中隐藏着浓郁的历史浪漫情怀。这里的盆舞取自当地传统名称，叫“那亚多亚拉（nanyadoyara）”内涵丰富，它的名字与日本最古老的盆舞（盂兰盆会上表演的舞蹈）相异，“那亚多亚拉”盆舞是由岩手县北部传到青森县东南部一带的糠部地区的盆舞，关于故事的来历还有很多迷。有的学者甚至把这种舞蹈的起源和日犹同祖论（日本人和犹太人祖先相同）联系起来，众说纷纭。现在，旧南部藩各地区已经成立了保存会，在词源的由来、歌词的意思、曲调以及舞蹈动作、旋律和唱腔等多方面，在继承和表现其特色方面不断加入本地区的优势。

长时间被冰雪覆盖的北国大地气候恶劣，这样严酷的风土环境却孕育了当地的明快与热闹。东西的中央一带被蔑称为“蝦夷”，人们在与这种负面历史抗争的过程中形成了反骨精神，当地异常的明快与热闹也许正是这种反骨精神的流露，它与东北地区北部的阴翳形成鲜明对照，人们性格开朗、喜欢热闹。

从盛冈乘坐“IGR 岩手银河铁道”去北国，30 分钟后便能透过左右两侧的车窗看到延绵不绝的大草原。奥中山高原和高森高原那漫山的绿色，刹那间让人仿佛置身异国。山毛榉林在远处的地平线延伸开来。过去还能看见草原上鬃毛随风飞扬的南部骏马，但是现在看不到了，取而代之的是悠闲吃草的牛群和一望无际的莴苣田。铁路两侧还有绽放的野花和色彩斑斓的大波斯菊花田，冲散了旅客们旅行的疲惫。我到达了旧宿场町的一户车站。在车站东南方向 2 千米开外的高地上南面，坐落着占地 6.5 万平方米的绳文森林御所野绳文公园，御所野遗迹（图 5）就在这座公园里，是国家指定历史遗迹。另外继发现青森县的内丸山遗迹后，人们又在北海道南部到东北地区北部区域相继发现绳文遗迹，这些遗迹被统称为“以北海道 · 东北地区北部为中心的绳文遗迹群（共 14 处）”，正在申请加入世界遗产名录。以环状列石（stone circle）为中心，发掘出 3 个聚落和 600 多栋房屋遗迹，这些遗迹的发现证明绳文时代后期的确存在土屋顶竖穴式住宅。御所野遗迹的发现让我们对历史有了新的解读，如进一步探索，一定能够感受到绳文年代的气息。

传说，背负十字架，即将被处死的耶稣为了活下去，来到日本的八户浦（现在的八户市），最后在青森县三户郡的新乡（旧名户来）村逝去，享年 106 岁。这是在新乡村流传的一个荒诞传说，现在全村借此传说举办基督祭来吸引游客。

新乡村模仿茨城县古籍《竹内古文书》中的记录，在树林中建造两座基督墓，如今在上面树立了两根并列的十字架。右手边是耶稣的墓地，左手边则是耶稣弟弟的墓地。十字架上还刻着犹太人的象征“六芒星”。在两座墓地之间还立着一块以色列耶路撒冷市赠送的“友好证明”碑。在平成十六年（2004）举行的揭碑仪式上，当时的驻日以色列大使也出席了。当地人还在墓碑后面修建了教会风格的“耶稣故里·传承馆”，以介绍耶稣传说的由来。

基督祭一般在树枝吐新绿的 6 月 1 日举行。在每年的招魂祭上会举行神刀仪式，这一招魂祭已连续举办了二十多年。当地神社的宫司咏唱祝词，参加者献上参拜用的杨桐树枝。当仪式接近尾声时人们会跳起盆舞“那亚多亚拉”。大家围成一个圈跳舞，随着游客不断加入，圈子不断扩大，非常热闹。

旧南部藩里地名中带“户”的除去四以外，从一到九至今保留着（“一户”至“九户”中没有“四户”）。“户”在当地是牧场划分的意思，据说当地人曾经以马充作年贡，因此地名的“户”也保留了下来。

在关于“那亚多亚拉”的各种说法中，具有壮丽的浪漫色彩的是神学家川守田英（1891—1960，原居住美国的日本人教会牧师、出身于南部藩的一户镇）博士提出的来源于希伯来（犹太）语的说法。他认为这种盆舞起源于 3500 年前的公元前 15 世纪，是以色列人在向迦南（现在的巴勒斯坦）进军时唱的进行曲。此外，关于“那亚多亚拉”的起源，还有各种各样的说法。有人认为它起源于印度和中国等山间流传的歌颂喜马拉雅山脉的歌曲，经由丝绸之路传入。也有人认为它来源于佛教仪式中念佛舞、御咏歌等。还有人认为它是慰藉农民悲苦的哀歌。直到今天，有关“那亚多亚拉”的起源，依然争论不休。

（嶋矢志郎）

俊杰辈出　陆奥岩手的精神风貌

岩手山和北上河是陆奥岩手这片土地和大自然的象征。北上山地是日本最古老的地质时代的地层，被称作日本列岛的脊梁。岩手山是这样形成的：它原来是浮在太平洋上的一座小岛，奥羽山脉从海中隆起形成陆地和北上山脉相连后形成的，而从山间流出的水就成了北上河。石川啄木曾在《一握砂》中写道，“故乡的山让我深深怀念，此感情难以用语言表达”，此山说的便是岩手山。宫泽贤治曾在名为“英国海岸”的岸边咏道，“这里的确是阿修罗的河岸”（出自《春与修罗》），说的便是北上河。

对生长于岩手的岩手县民来说，岩手山和北上河是大地的恩赐，是守护这片宝地的自然之神。他们的先祖世世代代，从出生之日起就敬畏、效仿、跟从、依随于此山此河。如果说亲生父母是血缘上的父母，那么岩手山和北上河就是人们地缘上的严父和慈母，它得到人们的敬仰、崇拜，是人们感到既亲切又可依靠的心灵和精神的寄托。可以说，在岩手山和北上河的守护下，岩手县民的精神风貌变得非同一般，他们顶天立地、堂堂正正，仿佛就是这片山河的化身。

岩手县人杰地灵，出了许多名人。比如西医专家大槻玄泽（1758–1827）、兰学家高野长英（1804–1850）、享誉世界的物理学家田中馆爱橘（1856–1952）、思想家新渡户稻造（1862–1933）、政治家原敬（1856–1921）、后藤新平（1857–1929）、米内光政（1880–1948）、诗人石川啄木（1886–1912）、诗人宫泽贤治（1896–1933）等不胜枚举。

岩手县民的性格自古是沉默、耿直、专心、真诚，且文武双全、坚忍不拔，此性格不仅是他们自己，连外县的人都认可。他们也具备和名人一样的高傲、叛逆、秉持并且践行自己的世界观。可以说这些名人都具有宏大的世界观，他们的境界超越了岩手乃至日本，此境界就是锄强扶弱的人类之爱，是博爱主义。

高野长英因为批判幕府的对外政策被判处无期徒刑，后从监狱里逃出，在江户结束了自己的生命。田中馆爱橘构建了理科各学科的基础知识，他从地球物理学的研究中确立了日本的度量衡，之后创造了日本式的罗马字。新渡户稻造呼吁世界和平，曾担任国际联盟副事务长等职务。他作为国际名人活跃在世界舞台的同时，还写下一本名著《武士道》，此书在当时是世界级常销书。他在书中解读了日本及日本人的精神内涵，并一展鸿鹄之志，“我要成为太平洋之桥”，立志于东西方之间的文化交流。原敬曾与明治维新后的萨长体制做斗争，自荐为平民宰相并组建日本第一个政党内阁。后藤新平在中国的台湾近代化以及关东大地震之后的东京重建中都发挥了巨大的作用。米内光正反对日本、德国、意大利建立的三国同盟，为打倒东条内阁和结束太平洋战争作出了贡献。

宫泽贤治在《农民艺术概论纲要》中主张“如果整个世界无法幸福，那么个人也无法幸福”。他一生都致力于农业，从他提出的这一终极的幸福论中可见，他为（理想的）社会主义做了无数的奉献。

陆奥岩手还是一座宝库，许多文人墨客在这里留下足迹，歌颂这里的山川画卷。藤原三代留下的珍贵建筑虽然在源濑朝（1147–1199）夺取奥州时被破坏，但是被誉为“世间净土”的毛越寿、被称为“绝世之美”的平泉镇，还有被写在柳田国男的《远野物语》书中，一跃成为日本民俗学发祥地的民俗之乡——远野，这些地方都非常有魅力。

平安中期，能因法师（988–？）曾经云游至奥州。平安后期，西行法师（1118–1190）曾循着他的足迹从平泉出发，沿着三陆海海岸，云游至岩手县北部的九户郡野田村。后来，松尾芭蕉（1644–1694）又循着西行的足迹踏上旅途，留下了游记《奥州小道》及众多名句。此后，陆奥岩手就成了文人墨客向往之地，它的魅力被不断传颂。

花卷市在每年9月21日举行“贤治祭”。平成二十八年（2016）也有众多宫泽贤治的粉丝从全国各地涌入花卷市，共同庆祝宫泽贤治诞辰120周年。

（寺崎志野）

青叶城的绚烂——政宗、七夕、松岛

大约25年前，我与仙台市当地媒体和大企业联合创办了一家IT公司。于是我开始每月数次在东京和仙台间往返，在这里生活。从那时起我就感觉仙台是我的第二故乡。由于家到公司的距离很短，每天都是散步去上班的感觉。仙台与东京一样，都是五脏俱全的文化都市。虽然这里的气温较低，但由于面朝太平洋所以不怎么积雪，生活非常舒适。

仙台最吸引我的是伊达政宗（图6）。从仙台市市中心到松岛、盐釜附近，有许多关于伊达政宗的名胜古迹，我至今记忆犹新。

首先要向大家介绍的是闻名日本全国的“仙台七夕祭”，这项活动从政宗时代一直流传至今。这项活动的起源，有许多说法。一个说法是：这项活动是江户初期，政宗为提高妇女的文化程度而设。这项活动与青森的睡魔祭、秋田的竿灯祭并称为东北三大祭，每年8月6日到8日举行，期间到处可见巨大的七夕装饰物。

作为一场盛大的活动，每年有200万人来这里参加，其中最惹人眼球的要数七夕祭的“装饰物”。在一番町有个20米高的连拱廊，拱廊上装满了七夕装饰物，圆形的天花板是为开闭幕式准备的，这种规模的拱廊在全国首屈一指。活动内容还包括名为“七夕木偶”的木偶秀。牵着线的木偶被放在一个小舞台上，为大家呈现精彩的表演。

在前夜祭，也就是8月5日的晚上，广濑河上会举行一场烟花大会。如果在河岸近距离观看烟花，你一定会被震撼。前夜祭还有许多不同主题的七夕装饰物，可以边走边看，十分有趣。佐藤宗幸曾在《青叶城恋歌》中描写过七夕祭的景象。七夕祭还在许多电影和小说中出现过，因此七夕祭在日本的知名度非常高。

松岛是日本三景之一，是国家指定的特别名胜。这里还有与伊达政宗渊源颇深的“瑞严寺”。这座寺庙的正式名称是“松岛青龙山瑞严圆福禅寺”，现在属于临济宗妙心寺派。

这座寺庙由伊达政宗建造，正殿是书院，筒瓦覆盖的歇式屋顶非常壮观。以正殿为首，寺庙里有许多国宝以及重要的文化遗产。寺庙周边还有一个洞窟遗址群。据说这个洞窟属于第三纪凝灰岩层，这也是形成松岛的岩层。传说这个洞窟是天台宗徒挖掘的，但是，由于洞窟里只有江户时代以后的供养塔，所以学者认为应该是江户期间挖掘的洞窟群。洞窟内刻满了法名，塔婆（塔形木牌）、五轮塔等数不胜数。由此可见当初挖掘这座洞窟是作为上供场所使用的。因为不是墓地，所以里面没有遗骨。瑞严寺的正殿、御成玄关、库里、回廊被指定为国宝，御成门、中门、太鼓围墙被指定为国家重要文化遗产。寺庙内还有两盆盆栽，一红一白，据说是伊达政宗栽种的，此寺庙是仙台值得一看的景观之一。

就在瑞岩寺的附近还有一座“圆通寺”，很少有人知道这是祭祀政宗公的嫡孙光宗公的祠堂。这座寺庙受到西方文化的影响，例如三慧殿的佛龛就是其中之一。到了红叶的季节，寺庙晚上点灯。游客纷至沓来，欣赏这神秘而美丽的夜景。

离开松岛后，笔者乘坐观光船在海湾逛了一圈，又在盐釜港靠岸吃了一顿午餐，稍作休息。离盐釜港没多远就有一家叫作“寿司哲”的寿司店。这家店的老板读高中时曾是一名棒球少年，是一位开朗直率的大叔。店里的寿司既便宜又新鲜，许多客人从全国各地慕名而来。

仙台的“购买鱼糕的支出”和“牛舌店的数量”都是日本第一。说起鱼糕，笔者最喜欢的是蘸生姜沫的竹笋馅鱼糕和蘸酱油的豆腐馅鱼糕。再说牛舌，除了经典的牛舌套餐，笔者还很喜欢蘸芥末吃的牛舌刺身和蘸橙醋吃的刀拍牛舌。

（林孝男）

横手的内藏与汤泽的地质公园

因为工作调动，笔者曾在札幌、福冈等日本有代表性的地方城市居住过，比较之下越发感到自己的故乡秋田拥有很多不输于其他地方的魅力。最近我常常带没来过秋田的人在秋田旅行。其中最受欢迎的是秋田县南部的横手市和汤泽市。这个地区是多雪地带，横手市冬天的“雪屋”非常有名，可能很多人都从照片上见过吧。汤泽市则是自然资源丰富的地区。

横手市的增田町自古就有许多带有奢华仓库的房屋。因为古时这里盛产生蚕丝和烟草，家家都备很好的仓库，各家的房屋连成一片。所有的仓库都建成“内藏”式，内藏的支柱都选用非常粗的优质木材。这里的仓库是“仓库之城”——增田的象征，比如，“黑漆仓库”是日之丸酿造股份有限公司用来制作名酒“万作之花”的地方，“灰泥仓库”是佐藤养助与冬店制作稻庭乌冬面的地方等。此外其他的私人住宅，如果你提出想进去参观，主人也会欣然同意。增田町是《钓鱼迷三平》的作者——矢口高雄的故乡，这里还有一座“漫画美术馆”。这座美术馆里展示着日本著名漫画家的简介和作品，是漫画迷的圣地。

从增田町往南走就能到达稻庭町。这里聚集着许多稻庭乌冬面的生产商。稻庭乌冬面使用从栗驹山中流出的地下河水，需要花费许多时间和精力去制作。它的制作过程是公开的，如果你看了其精细的制作步骤，一定能加倍感受到稻庭乌冬面的美味。

稻庭町附近的川连町盛产漆器，这里生产的“川连漆器”是国家指定的传统工艺。从实用类漆器到装饰有泥金画的高级漆器，制作木胎、打底、上漆，每一件漆器都需要经过 30 道工序，而每一道工序都要求工匠具有高超的技艺。800 年来，川连漆器的制作工艺世代传承，现在已经成为传统文化。这一高超的技术，可以说是这里制造业的基础。

日本全国共有 43 个地质公园，汤泽市就是其中的一个。地质公园是 Geology（地质学）和 Park（公园）的合成词，指在地球科学领域具有较高价值的地质和地形和丰富自然遗产的地域。其中最具特色的地方被称为地质观察点（geosite）。在汤泽有许多大约 900 年前以神室山花岗岩类为基盘而形成的地质观察点。就像“汤泽”的名字一样，这里有莹润的温泉和丰富的水资源。

从汤泽车站朝山上走，要不了多久就能到达小安峡的溪谷（图 7）。在绵延约 8000 米的“V”字谷中，你可以在离地面 60 米高的栈道上漫步，尤其是在秋天可以欣赏红叶。这个断崖绝壁的缝隙和山谷间会喷涌出98℃的蒸汽。温泉旅馆面向河流，可以一边欣赏美景一边沐浴。再往山里走，就是奥小安峡。这里有隐藏在栗驹山西侧鲜为人知的温泉，就是具有200多年历史的阿部温泉旅馆。这里有面向河畔的“今昔浴池”、拦河而建的混浴式“天然川浴池”等。一边泡温泉，一边听潺潺水声，一边品尝山中美食，一边喝当地的小酒，岂不美哉。

从小安峡坐15分钟的车就能到达泥汤温泉，这座温泉的水呈乳白色，水质为硫化氢，有1200年的历史。奥山旅馆的“露天大浴池”宽约5米，长约10米。从泥汤温泉驾车20分钟就能到达“川源毛地狱”，这座山与恐山、立山并称为日本三大灵山。因为这座山会喷发硫黄，所以寸草不生，一片荒凉。山上还有一帘由高温的涌泉和泽水合流而成的大温泉瀑布，从落差20米的高处倾泻而下形成了瀑布潭，夏天这里是露天浴池。

由此可见，汤泽地质公园有多种玩法。从灵山往下走，可以看到“院内银山”遗址。走进院内银山异人馆，可以了解到这座山的历史。这座灵山曾经在江户后期到明治时代迎来最为繁荣的时期，期间白银产量为日本第一，在此可以感受到工业化在明治时期的重要性。

汤泽市内有4处储藏酒的仓库，每个仓库游客都可以进去参观并品尝仓库中的酒。并非一目千两[①]的“一滴千两”、具有

① “一目千两”，指看一眼需要支付一千两，意在强调某物价值非常高。

400年历史的“福友”“烂漫”“两关”这些酒可以尽情品尝。

秋天县南部的横手和汤泽地区，有樱花、红叶、雪景，随着季节变换展现出不同的美景。此外，这里节日庆典历史悠久，加之温泉和美食，的确是一个旅游资源十分丰富的地方。

（喜藤宪一）

来自“秋田市观光口碑大使”的邀请

笔者在进入社会之后，第一个工作地点就是秋田市。后来，在退休之前，笔者两次调到秋田工作，在这里共生活了 10 年。期间，笔者一直在寻找并参与秋田的各种节日和活动，还获得了“秋田故乡检定（秋田相关知识检测）”的资格。回到东京之后，我很荣幸地被秋田商工会议所任命为“秋田市观光口碑大使”。

笔者刚到秋田市工作的时候，连同事间的对话都很难听懂。尽管如此，仔细倾听后会发现或许是受到北前船（江户到明治年间，大阪到北海道日本海沿岸来往的商船）的影响，秋田话里有一些京都地区的词语，逐渐觉得秋田话很好听。随着时代的需要，男鹿、阿仁等地出现了许多“传承语部”[①]。“传承语部”讲的故事非常有趣，给到这里游玩的人带来许多欢乐。部员们

---

① “传承语部”的部员们将当地的传说、历史、故事等用语言传承给后人。

讲故事的技术也非常精湛，甚至可以称之为一门传统技艺。

秋田县矿产资源也很丰富，日本出产的所有矿产都可以在这里找到。虽然秋田示街当年的那种繁华年代已过去，但是秋田的“八桥油田”作为日本最大的油田每天依然在以泵压的方式在产油。明治四十一年（1908），这里建立了日本第一所矿山职业学校，它便是秋田大学的前身。

当时这所学校获得了藤田、岩崎、古河这几位矿山经营先驱者的帮助。据说他们还给奈良的大佛献上了黄金。这座具有1300年历史，位于鹿角的尾去泽矿山遗迹“史迹尾去泽矿山”在平成十九年（2007）被日本政府指定为“近代化产业遗产”。此外，在明治三十八年（1905）建成的有西洋风情的小坂矿山事务所，当时供员工娱乐休闲的歌舞伎小屋“康乐馆”等也值得一看。在那里我们可以感受到当年全盛时期的秋田，以及那些叱咤风云的强者是怎样追寻梦想的。

现在的小坂作为从电子基板废料中提炼有价金属循环利用的都市矿山冶炼所，在日本首屈一指。小坂洋槐也十分美丽，可以和角馆的樱花相媲美。

此外，秋田市的竿灯祭也不容错过。它是东北“三大祭”之一，别名“驱睡（neburinagashi）”，因为盛夏的炎热让人产生睡意。此外，能代市有“驱困（nebunagashi）”，横手市有“送盆祭”，别名称“驱睡”。此外，位于东北地区的青森有“倭武多祭”，五所川原有“立倭武多祭”，弘前有“倭扑多祭”等等。

这些节日的名字都与日语的“睡”谐音，故可认为这些“祭”的起名都有“驱睡”的含义。因。在这些节日中，人们会在夜晚降临后点上灯，迎接祖先的亡灵，类似于盂兰盆节。竿灯祭上的灯笼，造型像稻穗，人们借此祈愿丰收。据说当时秋田的城主佐竹氏信奉净土宗，净土宗的教义里有48条禁令，而竿灯祭上的灯笼共有46个。传说这意味着可以在祭日的时候稍微打破一些禁令，因为这些夏季的祭典每晚深夜结束，是供人们邂逅的场所。

盆舞同样也是给人们提供欢乐的场所。秋田有三大盆舞——羽后町的“西马音内”、鹿角市十和田的“毛马内”、八郎潟町“一日市盆舞”。特别是在西马音内这一盆舞中，人们会在梦幻般的火把中，裹上彦三头巾、戴上草编笠，将脸挡住，跳起怪异的舞蹈，因而非常适合邂逅。不过不好辨别男女，所以千万要小心。

另外各地还在落雪纷纷的元宵节（1月15日）举办冬日祭典。那时，虽然是在极寒的天气下，横手的雪洞中却有热气腾腾的食物。笔者曾受当地人邀请，到雪屋中做客，他们招待客人的糯米饼和甜酒美味极了。男鹿的年轻人会在除夕那天扮成“生剥鬼”，到居民家中去教育小孩。“生剥鬼”的面具每个村落各有特色，不仅形象不同，颜色也不限于红色和蓝色。

日本海沿岸的各个地区也有这种从古流传至今的鬼怪形象，比如山形县游佐的“阿马哈格（amahage）”，石川县能登的“阿马美哈吉（amamehagi）”。也许这些鬼怪的原型是从日本海过来的海贼。此外，同属于秋田县的由利地区也有一种叫作“那摩美哈吉（namomihagi）”的鬼怪形象。据说是为了吓唬那些在冬天缩在炉旁吸烟的懒鬼。

令铁路迷们垂涎的是纵贯秋田内陆、至今尚未完工、在建完前交给官民合办企业经营的国铁“鹰角线”。它是此前大受欢迎的动画电影《你的名字》中出现的火车站，由于跟前田南站一模一样，一时间有了名气热议的话题。由利高原铁道（旧国铁矢岛线）、五能线等沿线住民还会提供导游服务，所以在乘坐这些线路时可以一边欣赏风景，一边感受当地的文化。

（小林慎一郎）

结城丰太郎与赤汤温泉“御殿守”

昭和二十年（1945）8月5日，昭和天皇发布“玉音放送”，向全国宣告日本正式投降，本打算做最后挣扎的一部分军部军官也最终放弃了抵抗。参与起草停战诏书的三名内阁顾问是安冈正笃、小仓正恒和结城丰太郎，他们受过去在山形中学比自己低两年级的学弟——日本首相小矶国昭的请求担任了该职务。

赤汤是结城丰太郎（雅号“临云”）的故乡。结城丰太郎生于明治十年（1877），是昭和动乱期日本金融界的领袖，在昭和二十六年（1951）去世。他一生时刻不忘故乡，直到临终。从东京乘坐山形新干线，两个半小时后就能到达赤汤站，这里离终点山形站只有两站。在这里下车后，沿着站前的道路向东走，过了吉野川继续前行就到了拥有著名的千棵樱花树的乌帽子山八幡宫。接下来沿着山边的商店街继续前进，右拐之后不久，就能看到大门面向道路的“结城纪念馆・临云文库”。

结城丰太郎生于一个酿酒世家，是家里的第三个孩子，曾先后就读于山形中学、仙台旧制第二高中（现东北大学），以及东京大学。毕业后和旧制第二高中比自己高两届的学长——井上准之助一样，进入了日本银行。结城曾担任过日银理事、大阪分行行长，并在安田财阀总裁安田善次郎遇刺之后，受当时大藏大臣高桥是清以及日银总裁井上准之助的委托，担任了安田保善社专务理事，安田银行（富士银行，现名为瑞穗银行）副行长。辗转来到安田银行的结城丰太郎并没有屈从于安田银行的守旧势力，开始推行近代化改革，采用定期招聘大学毕业生等措施，为建立为国家和国民服务的“大众银行（Peaple's Bank）”——富士银行打下了基础。

在积累了相当经验后，结城丰太郎就任日本兴业银行的总裁，之后还创立了“商工组合中央金库”，并担任了金库的第一代理事长，又作为日本工商会议所的会长，为改善经济和促进中小企业发展出谋划策。结城丰太郎曾在战时担任大藏大臣、日本银行总裁，支撑着日本战时的经济，是当时日本金融界、经济界宝贵的人才。

结城从未忘记过故乡赤汤，经常为家乡的青年们提供学费等援助。昭和十年（1935），他除了个人财产之外，还捐献了6000余册图书建立了“临云书库”，其中包括中文、日文、英文的藏书、字画、文献等。

“临云书库”开设有“临云讲座”，由东洋思想学家安冈正笃担任讲师。安冈正笃虽然比结城年轻整整 20 岁，但是两人拥有共同的价值观，认为“培养人才是国家的根基，十年树木，百年树人”。因此安冈正笃将结城丰太郎当作自己的老师，在结城去世后依然担任讲座的讲师一职。

结城去世后，安冈正笃受其三女婿藤山爱一郎（日本工商会议所所长，后任外务大臣）所托，将结城的戒名“大观院殿丰山临云大居士”写成碑文，送到了结城家。第二年墓碑完工时，还写了一首缅怀结城丰太郎生前的诗赠予结城妻茂登的娘家“上杉御汤 御殿守”的家主，结城丰太郎的侄子石冈孝一。结城丰太郎的墓地位于赤汤秋叶山入口处东正寺里边的高岗上，墓前有一棵巨大的银杏树，碑上刻着安冈正笃悼念临云・结城丰太郎的诗。

现在的结城丰太朗纪念馆于平成七年（1995）竣工，馆内根据需要，不定期地更换不同的藏书和文献。

结城妻子茂登的娘家“上杉御汤　御殿守”在距离纪念馆不远的赤汤温泉街的边上。这里本来是米泽・上杉藩主代代使用的别墅。上杉鹰山曾经说过：“行则成，不行则不成，无事成则无以成人。”他在 20 岁到 50 岁期间，每年都来这里享用温泉。明治十七年（1884），上杉家将温泉“御殿守”转让给了本是温泉看守的石冈要藏。在这里能够享受使用赤汤温泉最早的源泉所做成的各个温泉。这里在 4 月中旬能够欣赏樱花，另外在四季还能享受到当季的水果，比如 6 月中旬的樱桃、8 月中旬的葡萄等。

关于结城丰太郎生平的相关内容，详见秋田博著作《银行的生命在于信用　结城丰太郎的生涯》。

（小林恒夫）

《故乡今天依然没有改变》的歌声依然响彻灾区

平成二十三年（2011）东日本大地震以来，已经过去了整整 6 年。眼前悲惨的痕迹，现在依然让人感到无比悲痛。千年一次的天灾，超过预想范围的大海啸引发东京电力福岛第一核电站事故，受灾地区同时遭遇了天灾和人祸。而灾后重建之路，至今仍然在进行中。

南相马市是这次天灾人祸中最北部的受灾区，位于福岛县太平洋沿岸，滨通地区的北部。该地区在“3 · 11”地震中观测到了震感 6~6.5 级的地震。海啸吞没了距离海岸线 2 千米以内的地区，毁掉了这里的一切。尤其是第三波海啸来得特别凶猛，甚至越过了十几米高的防潮林。受福岛第一核电站核泄漏的影响，人们不得不躲在屋内，不论食物还是燃料都得不到满足。记录这一场景的影像在世界上引起了极大的反响，播放次数超过了 32 万次。樱井市长一方面尽早地通过 YouTube 向市民们发送信息，另一方面，也在通过这些影像，向世界寻求援助。

“3 · 11”震后一个月，截至4月9日共有403人死亡，1071人失踪，279人避难。但是随着不愿返回故乡的人数增多，截至2016年12月27日在市外避难的人数达到9079人，其中有5087人前往县外避难，很多市民被迫成为难民。位于福岛第一核电站20千米范围内的小高区，“3 · 11”发生时，居民人口共有12842人，但是现在仅仅剩下934人，避难者的返回工作还没有进展。

南相马是有上千年历史的国家非物质民俗文化遗产——祭典“相马野马追”的故乡。500多名骑马武士竞相奔走，展开了一幅华丽绚烂的战国画卷。祭典正式召开是在每年7月末，同时举办众多祭神仪式。但是由于很多祭典会场位于核泄漏区域，祭典用的马匹也不得不送到县外避难。平成二十五年（2013）核泄漏清理工作完成，该祭典得以恢复。目的是追悼逝者，祈祷重建故乡。但因很多马还在避难，祭典规模缩小了许多。

在这里，有真野古坟群、横手古坟群等古坟群，仅现存古坟数量就超过了50座。特别是樱井古坟，是古坟时代前期非常罕见的前方后方坟，全长27米。南相马可谓是古坟群之乡。

社会公益组织，一般社团法人DF（Direct Force）所派遣的理科实验小组在“3 · 11”地震一年后的平成二十四年（2012）首次来到了南相马的小学，在截至平成二十八年（2016）10月4日的5年8个月里，他们访问了全市16所小学中的13所，参加的儿童总数1420人，覆盖所有年级。实验内容包括流墨、纸飞机、电池、风力发电以及蛋黄酱等12个主题。该小组的活动次数为 29 次，参与活动人数达到 275 人。

该小组来到南相马是由于与樱井市长抱有共同的想法，并受到了热情邀请。因为孩子肩负着未来，希望这里的孩子们运用核泄漏事故中的亲身经验，形成对科学正确的理解和意识，因此作为该市科学体验事业的一个环节共同组织了这项活动。

平成二十八年（2016）2 月，樱井市长出席 DF 的每月例行演讲交流会，以“灾后五年的南相马市”为主题发表了演讲。小组中的很多成员在活动中与孩子们成了朋友。

笔者当时认识了一对在海啸中失去双亲，在临时住所与祖父母生活的兄妹，当时哥哥上小学二年级，妹妹还在幼儿园大班。现在两个人分别是五年级和三年级，我认识他们已经 4 年了。在平成二十六年（2014）暑假，我在自己家中招待了兄妹两人，还带他们去了迪士尼乐园和天空树等地。平成二十八年（2016）暑假，我带着他们去了我的故乡信州。我们就好像多了一对孙儿孙女一样，看着这对兄妹天真烂漫而欢喜的样子，我由衷地感到高兴。

受灾地区之歌《故乡今天依然没有改变》是岩手县大船渡市的歌手新沼宪治为了安慰和鼓励“3・11”受灾地区的人们，自己作词作曲创作的一首安魂曲。我希望能够和南相马的孩子们一起一直唱着这首歌，为了重建故乡分享各自的动力，一直努力下去。

（宫下博文）

历史名胜“水户城”

水户市是德川御三家之一，是以水户德川家所在城堡为中心发展起来的城市，拥有400年的历史，古色古香充满情趣。德川家康把秋田封给了在关原之战中保持中立的常陆名门——佐竹氏，使秋田成为了北方的一道屏障。庆长十四年（1609），德川家康的第11个儿子赖房成为水户的藩主。他在面向那珂河的平原上修建了水户城，致力于开创新的武士时代。为了显示与御三家之一的江户关系紧密，他仿照日光东照宫修建了水户东照宫，而且把家康敬奉为最权威的人。建立东照宫的只有御三家：尾张、水户和纪伊。

德川修建了负责城市水运的“备前堀河”，建造了供居民使用的笠原水管等，发展了很多在日常生活中能体验到的新时代的设施。我们可以从中感受到江户时代初期，在这里工作的武士的气概和足迹。作为藩主，比较有名的是第二代的光圀（黄门）和第九代的齐昭。循着两人的足迹探访水户周边的名胜，可以对比古今，受益匪浅。

第二代藩主光圀出生于如今水户站附近的三丸。人们在他出生的地方修建了水户黄门神社。光圀年轻的时候非常放荡，但是他在 18 岁的时候，在老师的拼命进谏和司马迁的《史记》的影响下，幡然醒悟开始学习和修行。后来他被委以重任，成为辅佐江户德川第五代将军——纲纪的副将军。那时他也非常热爱学习。他认为应该好好梳理日本的史书，所以聚集了当时的有识之士，设立了“彰考馆”，令人编纂《大日本史》。

“彰考馆”这一名字来源于中国古书《左氏春秋》的序言。当时光圀引用了“显往考来”这个词，意思是了解过去，分析未来。彰考馆的负责人都由水户藩首屈一指的学者和贤人来担任。当时编纂《大日本史》的主要负责人是安积湛泊和佐佐宗淳。他们就是在《水户黄门漫游记》中登场的格先生（渥美格之进）和助先生（佐佐木助三郎）的原型。二人为了调查历史周游各地，写了《黄门漫游》一书。《大日本史》的编纂花了 250 多年时间，在明治三十九年（1906）完成。

顺便提一下，东京水道桥附近的“后乐园”一带，曾是水户藩主宅邸的广阔庭院（后乐园）。时任藩主的光圀在那里生活过。

作为光圀引退后“最后的栖身之处”，他当时居住在常陆太田市的西山庄。西山庄看上去非常朴素，让人难以想象这里是藩主的隐居之地。这座富有特色的建筑被完好地保存了下来。在水户最盛大的庆典活动是“黄门祭”，而对于水户人来说，黄门大人至今仍是他们心中最为尊敬的藩主。

第九代藩主德川齐昭则是在幕末时期，对江户幕府和京都朝廷有着巨大影响力的藩主。他基于《大日本史》中的历史观宣扬尊王攘夷，领导全国的志士，深得天皇的信赖。他当时广施仁政，为了与民同乐修建了“偕乐园”（日本三大庭园之一），邀请百姓到园中的“好文亭”举行歌会。偕乐园中有一片梅林，不仅可供人观赏，梅树的果实还是一种以备不时之需的食材（图 8）。

齐昭为了培养年轻的接班人，设立“弘道馆”。弘道馆是日本规模最大的藩校，作为“近代日本教育遗产群”被认定为日本遗产。在藤田东湖、武田耕云斋等人的指导下，弘道馆人才辈出。但是，藤田东湖在安政大地震中客死江户；在樱田门外事变中打倒井伊直弼的水户浪士也被幕府剿灭；武田耕云斋也在水户藩的内部斗争中被害死。诸如此类，水户藩在明治维新即将到来前夕失去许多人才，所以明治维新后的政治力量变得薄弱，令人非常遗憾。

齐昭还因担心外国船只的到来，在藩内各地设立炮台和海防区域，并制造大炮。当年水户藩海岸防线的一部分如今成为日本十大美景之一的“国营常陆海滨公园”。

（樱井三纪夫）

从袋田瀑布到天心大观故里

茨城县北部的观光景点有袋田瀑布、冈仓天心旧宅“六角堂”、五浦美术馆、鹈岬国民旅馆等。你可以选择只去其中的一个景点参观，不过若是你能探索这些地区背后所蕴藏的文化，你的旅行将会更有深度。

先观赏袋田瀑布（图 9）。1500 万年前海底火山隆起使地面形成了高低差，久慈河的支流以及泷河的河水从高处向下垂落，形成了袋田瀑布。这个大瀑布被誉为日本三大名瀑之一，宽 73 米，高 121 米。大瀑布有四个阶段，因此被叫作“四度之瀑”。据说“四度”的说法来源于西行法师，他在这里游玩的时候曾说过：“如果每一个季节不来一次，就无法体会这里真正的趣味。”春之新绿、夏之深绿、秋之红叶、冬之冻结与雪景，春夏秋冬都能在这里体会到不同的美。特别是瀑布会在寒冬里冻结，非常壮观。每当这时还会有许多人来这里挑战攀冰。欣赏瀑布之余，还可以品尝美食，比如奥久慈的特产——魔芋、常陆的秋天荞麦面、军鸡肉等。

冈仓天心在明治时期的美术活动中，对日本的美术、艺术重新进行评价，对发展日本美术、艺术。他曾经探访了茨城市北部的五浦海岸，表示非常喜欢那里，并在那里修建了宅邸和庭园（六角堂）。而在天心主管的日本美术院面临经营困难的时候，他把美术院迁至五浦，身为弟子的横山大观、菱田春草、木村武山、下村观山这些画家把家人也带来五浦居住。之后，他便在五浦研究新的日本画，开始了艰难的修行。天心等人在五浦待了 3 年左右，他们创作了近代美术史上的一幅幅杰作。期间，天心、大关和春草通过把日本画卖向欧美，逐渐获得了欧美人的理解。

天心还有一本著作，叫作《茶之书》（当时在欧美成为畅销书）。他曾经担任过波士顿美术馆的“中国日本部”部长，还和印度诗人泰戈尔（诺贝尔文学奖得主、亚洲首位获奖者）交往甚密。所以波士顿美术馆的相关人员和泰戈尔都访问过五浦。

“天心纪念五浦美术馆”中收藏了冈仓天心以及 4 位日本美术院的主要画家的作品。美术馆坐落在六角堂附近，馆内非常宽敞，我们可以在这里领略从日本美术院开始的日本画坛的新篇章。

欣赏完瀑布胜景和美术馆馆藏名作后，让我们留宿于鹈岬国民旅馆，它是日本最好的国民旅馆，闻名全日本。在那里我们将享受到优质的住宿条件和服务，还可以欣赏海岸边美丽的白砂海滩和松树林。

鹈岬从古代开始就是鹈的捕获地，它也因此而得名。居住在岐阜县长良川的人们驯养鹈来捕鱼，已有 1300 多年的历史。昭和（1926—1989）时代初期，人们都是在伊势湾捕捉海鹈，但之后就一直在茨城县日立市的这里，在鹈岬捕获鹈后送往长良川。长良川负责驯养、捕鱼，而捕获的鱼专供皇室，这一点使作为鹈产地的鹈岬引以为豪。

鹈岬国民旅馆地处高地之上，与海岸相望，游客入住率居日本首位。交通便利，东京都内有公交直达。从旅馆内的任何一个地方都可以眺望到太平洋的景色。在这里能享受到绝佳的天然温泉浴场，还有秋冬时节美味的鮟鱇鱼火锅和近海的海鲜。

茨城县北部位于关东平原的北端，对临近阿武隈山脉的常陆国来说，就像后院一样。自古以来，这里就是名门望族支配的地方，从奈良、平安时代开始自古就有很多文人武将到访这里，至今一部分美术活动也会受到当时名人的影响。

带着探寻名胜历史的心境来游览的话，呈现在您眼前的也许就是别有风味、充满深意的“新景观”。

（樱井三纪夫）

古色古香的温泉旅馆和环绕溪谷美景的盐原温泉

在东京乘坐东北新干线，经过约 1 小时 10 分钟的车程到达那须盐原站后，再从那里坐 40 分钟的车就可以抵达古色古香的温泉乡了。从东京都中心地区到温泉乡的车程总计不到 2 小时。温泉乡的街道依帚川的溪谷而建，其间坐落着拥有 400 年历史的旅馆老店和新装修的旅店。穿过这条温泉街，继续往里走，有中盐原温泉和上盐原温泉，在看到这两个温泉之前，途中往左转，向往上爬的山路约走 10 分钟就能看到新汤温泉。再沿新汤温泉陡峭的山路往下走就是元汤温泉。

虽说刚才提到的这些温泉都属于盐原温泉，但其实盐原共有 11 个温泉乡。有氯化物泉、碳酸氢盐泉、硫酸盐泉、硫黄泉、酸性泉、单纯温泉等多种温泉。游客可以根据自己的喜好来选择合适的温泉和旅馆。盐原温泉一开始是温泉疗养地。听说，近年还有老人带着锅盆来这里。在新汤温泉乡的中心地区，可以看见热气源源不断地从温泉中升起。初次到访盐原温泉的游客一定会对这种自然景观惊叹不已。

好不容易来到了盐原温泉，就一定要抽出时间去欣赏帚川溪流的美景。以枫谷大吊桥为基点，向四周走去，可以观赏到龙化瀑布、回望瀑布、布瀑布等景点，新绿和红叶的时节尤为美丽。

在沿帚川而建的400号国道上，正在修建隧道支路，建成后能大幅减少旧车道的车流量。当地人给这条路起名为“大正浪漫街道”的小路，游客可以在这条道上边散步边悠然欣赏帚川美丽的溪谷。另外，这里还立起了文人纪念碑，纪念那些到访盐原的文豪们。从“瀑布”“纪念碑”“吊桥”这三个景观就可以充分感受盐原的自然之美。

5月可以去观赏妙云寺的牡丹花，盐原八幡宫里的神树——逆杉也值得一看，上三依水生植物园可以观赏到水芭蕉。另外还有小太郎之渊这个“隐秘景点”。行车于整修前的道路，在意想不到的地方可以看到峡谷。其实，有很多游客前来是为了品尝峡谷茶馆的青团点心。

夏季，明神山的Hounter Mountain滑雪场百合盛开，可以坐缆车到半山腰，然后边观赏盛开的百合边漫步在下山的道上。秋季可乘坐缆车前往山顶，山顶有一条路程1小时不到的散步小路，在那里可以俯瞰关东平原和日光连绵不断的日光群山。明神山的Hunter Mountain滑雪场与群马县的尾濑岩鞍齐名，有关东地区为数不多的滑雪场。这里的雪属于粉状雪，非常适合滑雪，许多滑雪爱好者冬季都喜欢来这里滑雪。

游客如果吃腻了旅馆的饭菜，可以去温泉街看看，那里有意大利餐厅，也有少见的卖带汤汁炒面的小餐馆。

还有几家荞麦面馆，他们的面讲究特色，风味独具。在盐原物语博物馆附近穿过帚川，有供游客垂钓的钓鱼池，在那里可以享受田园野趣，品尝到美味的盐烤鲇鱼和油炸虹鳟鱼。

在盐原温泉乡也可以这样玩：观赏完这里的美景后，再去游览周边的景点。也可以前往那须高原或日光等旅游胜地。坐落于奥会津的大内宿最近颇受游客喜爱，驱车前往的话，根据前往时间段的不同，有时可能会出现交通堵塞的情况，很难找到停车位。而从盐原到大内宿坐车大约需要 2 小时，为此，可以选早些时候出发，这样就能去游览大内宿和塔崖等景点。

还可以选择“第一天游览日光市，晚上住在盐原温泉乡，第二天去大内宿”这样的充裕行程。

除了游览大内宿之外，还可以去尾濑沼泽附近的桧枝岐村和平家的故乡汤西川。

此外，附近还有两处值得一观的地方，很方便前往。一个是大田原，在那里可以品尝到美味的牛肉。另一个是松尾芭蕉曾经逗留过的黑羽城，那边的景色也别有一番风趣。

盐原温泉乡拥有得天独厚的地理位置，在这里可以选择多条旅游线路。当然，留出充足的时间，在这里多住几天，泡泡温泉，再体验高尔夫、垂钓、滑雪、徒步等应季旅游项目也非常惬意。

（横井时久）

探访西毛的史迹和文学

西毛，指位于上毛国的西部，从利根川左岸开始至信浓（现在的日本长野县）的群马县以南的区域。高崎、藤冈、吉井、富冈、下仁田、安中、松井田等地都属于西毛。这里的养蚕业在古代就十分兴盛。上古时代这里聚集了许多外国人（后来归化，成了日本人），他们带来了养蚕技术和丝织品，并在这里落地生根。西毛也有数不胜数的古坟。其中以位于藤冈市西端的七舆山古坟最为出名，它是当时东日本最大规模的古坟群。传说6世纪的豪族多胡羊太夫的7位夫人连同轿辇一起就葬在那里。在樱花烂漫的时节漫步于巨大的古坟群，缅怀多胡羊太夫的同时，脑海中自然而然便会联想到上野国崛起的情景。

在吉井，有一块8世纪时留下来的多胡碑（国家指定特别史迹），上面记录了多胡郡的起源。在吉井附近的山名一带，还有山上碑和金井泽碑，这三座碑合称“上野三碑”。据说日本的石碑文化也源自那些外国人。而这个山名就是因应仁之乱而闻名的山名宗全的出生地。另外，据说位于山名的八幡宫可以保佑妇女顺产，所以那里至今香火不断。

进入昭和时代后，养蚕业开始衰退。以前散落在茫茫桑田中的无数小型圆坟，如今大多变成了住宅区或工厂。但得益于富冈制丝厂和丝绸产业遗产群（包括田岛弥平旧宅、高山社遗址、荒船风穴）被认定为世界文化遗产，今天我们仍然可以从这些地方追寻到以前养蚕业鼎盛时期的影子。

“田岛弥平旧宅”虽属于东毛的伊势崎市，但位于利根川的飞地范围内。在“田岛弥平旧宅”偏西方向的藤冈市有“高山社遗址”。这里是“养蚕改良高山社”的创始人——高山长五郎先生的诞生地，他改良养蚕技术，发明了在当时（明治时期）具有划时代意义的养蚕新方法“清温育”。这里同时也是“清温育”养蚕试验期的旧址。在原来名主的府邸中，利用河岸台地地形建成高大石围墙，贞享年间（1684—1754）在围墙上面修建的长屋门（现在正在拆除重建中）也值得游客前往一观。富冈制丝厂作为群马县首个被录入世界文化遗产的景点，前来参观的游客络绎不绝，这里不再赘述。

从富冈出发，向信州境内的内山峡行进，能看见“荒船风穴”这一景点。“荒船风穴”就在巨大熔岩台地——荒船山的附近。明治以后的日本养蚕业，利用这种从岩石间隙吹出的自然冷风来保存蚕种的方法，使得一年内可以收获多次蚕茧，加快了养蚕业的发展。

在吉井和富冈之间，靠近富冈的山坳中有小幡城（以前的小幡藩）。第一代藩主是有织田信长血统的织田宗室，一直延续 到第五代，之后由在幕府担任要职的松平取代，迎来了明治维新。此外，近年被发掘再现出来的小幡藩兵营遗址的庭园“乐山园”也别有一番乐趣，那里的白壁建筑体现了古城的风情。

从富冈稍向西走，就可以发现上野国一之宫的贯前神社。雄伟的神殿坐落在谷底，因为这种情况，游客只能沿石阶而下，到谷底参拜。这种参拜方式十分少见。

沿信越道向松井田前行，越过妙义山的东北山麓，也就是以前的中山道，在那里有“五料茶屋本阵”。这里是来往于中山道的大名和贵族们的休息场所。接替名主职位的中岛二家的宅邸被称为“西屋”和“东屋”，在它们周围保留有许多德川幕府末期的高规格建筑，这些建筑都是群马县的指定史迹。

如果需要在这附近留宿，可以选择矶部温泉。因传说故事割舍雀的住处而出名的旧蓬莱馆深受岩谷小波的喜爱，这里同时也是诗人大手拓次的出生地。也许现在很少有人知道大手拓次，但他却是一位和萩原朔太郎、北原白秋身处同一时期，拥有独特魅力的神秘诗人。群马县人才辈出，除了萩原朔太郎之外，还有山村暮鸟、汤浅半月等著名诗人；在文学领域也诞生了田山花袋、金井美惠子等作家。此外还有在伊香保温泉写下“不如归”，并将伊香保作为自己长眠之地的日本小说家德富芦花。最后让我们缅怀这位文豪，结束我们在西毛的旅程。

（高山重宪）

在东京的后花园——秩父市巡游赏花

从东京都中心坐约 80 分钟的特快列车，或者从埼玉县的熊谷站出发沿秩父线花 60 分钟就能到达秩父市。这里紧邻东京，可以当日往返，可谓是“东京的后花园”。

春天的时候，可以去离秩父线“野上站”最近的岩根山赏花，这里是观赏杜鹃花的胜地。选择合适的时间来这里的话，还可以看到樱花和杜鹃同时开放的盛景。漫山遍野开满了红色的杜鹃和粉色的樱花，这种景象着实令人赏心悦目。在岩根山附近，还有“金尾山杜鹃花公园”，可以顺道去那里看看。

脚力好的游客可以从这里徒步去长瀞。野上站跟前道路的两侧种有樱花树。樱花盛开时，这里就像一条花的隧道，绵延 2 千米的路上开满樱花。沿着这条路散步，然后眺望左手边的荒川上游，着实让人心情舒畅。

说起长瀞，有名的当属“岩叠”岩壁和漂流。但今天我们主要介绍靠山一面的宝登山神社。宝登山神社的参拜道两旁怒放的樱花格外美丽。长瀞是“日本樱花名胜百选”中的樱花名胜地之一，众多樱花景点里，开得最漂亮的就属宝登山神社这里了。

宝登山流传的日本武尊的故事也十分有名。徒步去山顶大约需要1个小时，可以乘坐登山缆车上山。

山顶上种有3000多株腊梅树。腊梅的花期是在2月初，虽然那时看不到盛开的樱花，可能有点遗憾，但游客可以在山顶一览秩父盆地和奥秩父市的雄伟景色来弥补缺憾。

美之山公园的樱花也让人流连忘返。

秩父是一块宝地，在这里您可以逃离城市的喧嚣，专心赏花。

谈到秩父的花，首先就要提芝樱。花田距离车站约1.5千米，每年的4月下旬至5月初，那里种植的约4万株芝樱就会盛放。红、白、粉、紫，颜色各异，惹人怜爱。面积约1.7万平方米的缓坡上种满了芝樱，就像铺着密密的彩色花毯。晴空万里，伴着温暖的阳光漫步于芝樱的花海之中，也是快哉。

从秩父站渡河到荒川的对岸，山丘上有一个大型综合性公园——秩父缪斯公园，公园长约4千米，内有儿童广场等多种设施。不同时节可以在公园里欣赏到不同的花卉，比如4月的水仙、5月的杜鹃、8月的百日红、10月的银杏。

开车从秩父市内出发，朝山梨县方向走会到达以前的荒川村。那里从前就盛产荞麦，真想在这里体验“欣赏一片盛开的白色荞麦花海，品尝当地的手打荞麦面”的游趣。

再往前行驶，山势逐渐变陡，形成山谷，山谷的坡上错落有致地分布着许多人家。这里就是以前的大泷村，埼玉县唯一一处深山中的村落。这里地势陡峭，多落叶林，可以来这里赏枫。附近的皆野町是埼玉县出资经营的秩父高原牧场，那里有“天空的罂粟园”。待到5月，罂粟花会开满整个山坡，一片烂漫景象。

除这些景致外，各个市镇村庄都在致力于打造“花园名城”。

秩父与大都市之间的距离适当，四面环山，水资源丰富。在这样优美的自然环境中，生活着许多爱好花草、慈祥和睦的人们，许是因为花和当地浑然一体的缘故吧。山路幽静，有许多轻松的徒步旅行项目可供选择，游客可以一边赏花一边游玩。这里还有怀旧的蒸汽机车之旅在等着大家。花期有限，请关注相关信息。

除赏花以外，笔者再介绍一些其他景区的看点。如：巡游秩父的34处观音道场，享受秩父“七汤矿泉”温泉，遍寻品尝荞麦面这种风味美食，感受长瀞漂流和“岩叠”胜景，参加日本三大曳山祭，观看小鹿野歌舞伎表演，参加吉田龙势祭（当天有30多个自制火箭上天。明治时期这里的农民最先自制火箭，由此而出名。）探寻“和同开弥”（日本律令时代的钱币）的采铜遗迹和秩父事件旧址，还有参拜三峰神社、秩父神社等等，不胜枚举。

（大崎鼎）

上总国一宫　具有悠久历史的海岸和门前町

以前的上总国就是现在的千叶县中部地区。按照市町村的行政单位来分，其领地范围包括君津市、木更津市、富津市、袖浦市、市原市、长生郡（一宫町、睦泽町、长生村、长南町、白子町）、茂原市、大网白里市和东金市。上总国中部耸立着被称作九十九谷的山脉，西临东京湾，东面太平洋，拥有九十九里的广阔海滨。“上总”这个名字源于“可以获取优质的麻”，“总”在日语中是麻的别称。

在这些属地中，长生郡的一宫町位于九十九里町的南端。距离适中，乘坐特快列车从东京站出发到上总一宫站也不过1个小时，可以当日往返。“一宫”的名字来源于现在的玉前神社，以前它叫上总国一宫，也就是律令制下各个国家中级别最高的神社。玉前神社的历史在延长五年（927）的《延喜式神明帐》中就有记载。一宫町就以这座神社为中心发展而来。

现在，全日本的地方政府中冠以“一宫”名号的只有一宫町和爱知县的一宫市。

在明治和大正时代，一宫被誉为“东部的大矶”（在千叶西面神奈川的“大矶”很有名），政界商界的大人物都在这里建造私人别墅，带动整个一宫町的发展。文豪芥川龙之介也曾到访此地，他在下榻的旅馆写下了给恋人的信，那座旅馆叫“芥川庄”，现在是国家文化遗产。“芥川庄”建在旅馆“一宫馆”的用地上，可以在这富有历史气息的旅馆住宿。

九十九里海岸的海浪一年四季都很稳定，适合冲浪。近几年，年轻人尤其喜欢夏天来这里游玩。值得一提的是，钓崎海岸将作为2020年东京奥运会冲浪项目的比赛场地。另外，传说这里还是玉前神社供奉的神明——玉依姬登岸的地方。上总十二社祭典以9月13日举行的“裸祭节”而闻名全国，届时人们将周边纪念玉依姬一族的神社中的神轿都抬到钓崎，享受一年一度的盛会。每年都有大量游客来一宫町参加这个声势浩大的祭典。

其实，这个海岸也是“二战”时期日本陆军发射秘密武器——气球炸弹的地方。气球炸弹是日军为打击美国本土地区而制造的一种安放在气球中的炸弹武器。除一宫町外，福岛县的勿来、茨城县的大津也曾是这种炸弹的发射地。但现在只有建在旧址上的石碑向我们讲述着当年的那段历史。

从古时候开始，人们就经常在这里用地曳网捕鱼。今天，以保护会为中心，继续开展着地曳网捕鱼的活动。游客夏天来这里可以体验这种捕鱼方式。地曳网捕鱼在江户时代（1603—1867）曾风靡一时，在这种背景下，“上总纸鸢”应运而生。“上总纸鸢”就是我们所说的风筝。过去人们经常通过放纸鸢来庆祝渔业丰收，现在它主要被用作庆祝节日的吉祥物。制作“上总纸鸢”的技术被认定为城市文化遗产，从江户时代的宽政年间（1789–1801）开始这项技艺就代代单传，现在已经传到了第十代。笔者就是第十代传人。现在制作纸鸢仍然沿用江户时代时使用过的木版，连技术和用具都原原本本地被继承下来。

上总一宫站周围还留有许多老式街道和明治、大正时期的建筑，作为地区中心的玉前神社历史感尤为厚重。上总境内有许多文化遗产，比如玉前神社的大殿，以及在神社祭礼时演奏的上总神乐等祭神仪式都是千叶县的文化遗产。

车站周围历史感浓厚的景色和年轻人聚集的海岸。大家不妨来此一游，定能缓解疲劳、身心舒畅。

（嵯峨野彰）

文人墨客迷恋的武藏野

明治时期的文豪——国木田独步的代表作《武藏野》中，有这样一段话描写武藏野高地的地形特点："武藏野像波涛一般高低起伏……虽然外观看起来像一片平原，然而高地到处都有低洼的小谷……"

能够亲身感受独步先生所描绘地形的地方，就属国分寺和武藏小金井周边一带了吧。其中以JR中央线国分寺站附近的景观尤为突出。另外，在六义园和殿谷户庭园也可以看出武藏野台地的特点。殿谷户庭园是东京都立文化遗产九庭园之一，园内景色四季分明，地形高低有致，许多低洼处都有泉水喷涌。

时隔很久，笔者终于在去年春天的时候去了一趟殿谷户庭园，之后便沿着武藏小金井方向，在庭园附近的野川堤防上散步。这附近有一条国分寺崖线，JR中央线也途经此地。昭和时代的作家大冈升平的代表作《武藏野夫人》中也出现过野川，信步于此，看着往来的电车，想象着作为小说舞台被野川提防吞食的洼地应该就是这里吧。笔者在武藏野的边上，也就是三鹰市安家已有30年了。即使现在实现了城市化，仍然可以在许多地方看到武藏野的遗迹，笔者从未看腻过。从笔者家所在的三鹰市东面到玉川上游的“井之头公园”，再到JR三鹰站周边的几公里是笔者散步的范围。周围有很多武藏野特有的榉木、楢木等落叶树木。周围还有四季盛放的野花，随处可见椋鸟的影子，斑鸠叽叽喳喳叫个不停，运气好的话，还能听到啄木鸟的声音。

从明治到昭和的这段时间里，武藏野的自然风景吸引了无数文人墨客。其中代表人物就是太宰治。他在婚后居住在万助桥（万助桥坐落于与井之头公园位置并行的吉祥寺大道和玉川上水的交汇处）附近的三鹰下连雀，并写下《斜阳》等数部作品。但“二战”后不久，也就是在昭和二十三年（1948），他投河于玉川上水，结束了自己的生命，享年39岁。为纪念太宰治，当地在JR三鹰站附近开设了“太宰治文学沙龙”。另外，“山本有三纪念馆”和“三鹰之森吉卜力美术馆”也在离万助桥很近的地方。

此外，万助桥西北面与井之头自然文化园相接。近日，深受大家喜爱的亚洲象“花子”去世了。它是日本年龄最大的象，生前被饲养在井之头自然文化园里。除了动物园，这里还有雕刻园。园内外展出了许多日本最为著名的雕刻家北村西望的作品，其中压轴作品当属长崎和平祈祷像。这座雕像十分有名，几乎和原型同样大。西村先生接受长崎县委托，于昭和 20 年代在这里潜心雕刻，历时 5 年终成力作。文化园还将住在附近吉祥寺的野口雨情的书斋移建至此。野口雨情是日本童谣作家，著有《红鞋》等作品，书斋被命名为“童心居”，很符合野口雨情童谣作家的身份。

谈到武藏野，就会联想东京北部的旧北多摩郡以北地区和埼玉县南部区域。因为这些地方还很好地保存着旧时武藏野的风貌。笔者在这里想向大家介绍东久留米市的古民居“顾想园”，还有位于埼玉县南部新座市野火止的平林寺。

近些年，代表日本传统文化的古民居备受关注，成为助力地方发展的有力一环。从西武线的小平站出发，只需乘车数分钟，就能到达位于东久留米市柳洼的“顾想园”。

顾想园主屋的修建时间可以追溯到江户末期的天保年间。那里还有于庆应二年（1866 年）发生的武州（武藏国的别称）改革暴动的旧址。平成二十三年（2011），古民居中另建的房间和土仓库等 7 处建筑被列为国家文化遗产。笔者也曾多次到访，每次都会被武藏野别具一格的自然风貌所吸引。

平林寺是川越藩主松平信纲的菩提寺，由正殿、佛堂、山门等组成，寺庙院内树林遍布，院内林木面积达 13 万坪。信纲为家光、家纲效力，后以“老中”身份担任川越藩主，为完成“玉川上水和野火止上水”这项困难的修建任务做出了贡献。

笔者每天都在玉川上水附近散步，每当看到建设上水的松平信纲的古迹，就会怀念往昔武藏野的传统文化与历史。

（藤田卓）

漫游“山手线”各站

我们现在绕山手线一圈，在站内到站前广场的范围内找寻看点。

首先，我们在东京站乘坐山手线的外环线。山手线是一条环状铁路线，设计者最初一定是烦恼了很久，最后才给它取了内环线、外环线这两个最合适的名称吧。

乘坐山手外环线，东京站的下一站是有乐町，那里有供奉大黑人的祭坛。出了自动检票口，会看到为整修车站周边进行的发掘调查中发现的用石块建造的下水沟和大冈越前守（江户时期的官职）工作的“南町奉行所”的史迹浮雕。

从新桥站的乌森出口出来，可以看到东侧有石碑，西侧有蒸汽机车。圣诞节期间，会有圣诞老人坐在驾驶室里，装点的灯光非常漂亮。回到站台，向前面一号车的方向走，会看到“汽笛齐鸣”的花坛。顺带一提，最初东海道线开通运行的时候，从新桥汐留到横滨方向属于下行线，所以一开始的那一节列车是一号车。

山手线的东京到品川区间的正式线路名叫东海道本线。笔者在新桥乘坐一号车，在滨松町站下车，可以看到小便小僧的雕像。每个月都有志愿者为其更换衣服，因此雕像的季节感十足。

滨松坐两站是品川，在品川站乘坐东海道本线，站台上听到的发车铃声是汽车共鸣的旋律，最后车门会在蒸汽机车的汽笛声响起后关闭。回到车站的中央大厅，会发现涂有东海道本线两种颜色的邮筒。

邮筒上还配有滚轮，现在也在使用，可以用它来邮寄信函。因为要将关东北部出产的丝绸运到横滨港，所以山手线当初设计时是一条从品川到赤羽的运货线路，故外环线路是下行线。

品川坐四站是惠比寿，在惠比寿站下车，乘驹泽大道一侧的自动扶梯下来，那里有大黑人（福德神）的铜像。惠比寿站的发车铃声是电影《第三个人》的主题曲，来自于惠比寿啤酒的广告曲。

涩谷站现在正在进行大整修，但大家熟知的八公像仍然矗立在那里，守望着来来往往的人。

涩谷坐一站是原宿，西洋风格的原宿站不可错过。从原宿站出来，右侧是皇室专用站台。原宿坐四站是高田马场，高田马场站的发车铃声是手冢治虫先生创作的《铁臂阿童木》的音乐。高田马场的下两站是池袋，在池袋的车站内，自动检票口有许多猫头鹰的塑像。为什么这里有这么多猫头鹰的塑像呢？这一点值得大家去探寻。

池袋的下一站是大塚，在大塚站的站台前面，可以俯瞰到东京唯一的路面电车——都电荒川线。在大塚到巢鸭的区间，线路两旁种满了樱花树，樱花随风飘落，电车就在这样的“樱花雪”下运行。驹込站的发车铃声是《樱花啊樱花》，这首曲子里所唱的樱花是由驹込染井村品种改良过的观赏樱花。从驹込站出来，乘电车向田端方向行进，隔着车窗可以看见山手线唯一的一个道口。但如果不仔细看，可能就会错过了。

田端站的北出口没有工作人员，让人不由得怀疑这里是不是东京都的车站。田端到东京站这段区间的正式名称是东北本线。田端到日暮里站之间的立柱都是用电车铁轨的废料制造的。田端的下一站是日暮里，在日暮里站的自动检票口外，可以看见一座太田道灌的铜像。

日暮里的下一站是上野，在上野站的中央出口处有画师猪熊弦一郎的壁画。因为壁画已褪色，现在人们在为它重新上漆。在它的横向，挂有画师平山郁夫设计的彩色玻璃画。现在的上野餐厅曾经是贵宾室，内部装潢华丽，不愧是艺术的森林，十分符合上野的风格。上野站内有两层站台，有时会出现不同电车同时停在一层和二层站台的少见景象。趁现在不妨去参观一下“仙后座”高级列车的候车室，也许以后那里就不复存在了。漫步于站内的低矮通道，也可以感受到上野站厚重的历史氛围。

另外，山手线建成环状路线以来，上野到神田区间高架上铺设的砖块也是一大看点。

最后，介绍一下东京站。东京站有说不尽的看点。这里笔者只介绍一些也许不起眼，但可以让人感受到东京站历史气息的地方。首先，车站地上有两块特殊的、带有标记的瓷砖。位置很不起眼，大小只有 5 厘米，这两处分别是日本原首相原敬和滨口雄幸被暗杀的地方，附近的柱子上也附有相关说明牌。在东京站找寻北町奉行所遗址也是一件趣事。此外，往车站内的邮箱投函的话，信函上会印上东京中央邮局独特的风景邮戳，然后寄出。细心的游客还可以在东京站各线路的站台上寻找 0 公里地点。网上列举了许多东京站的看点，游客可以事先查阅，光东京站内就可以玩上一整天。

最后给大家出个谜题来结束东京都的介绍。请问山手线哪两个车站间的距离最短？给个提示，其间距离只有 500 米。

（小林慎一郎）

充满异国情调的港湾城市的地缘学宿命

笔者在梦中邂逅了一个蓝眼睛的娃娃。问她：“你是谁？”她回答道：“我是为了日美友好，赠送给日本的美国人偶娃娃。”横滨是近代日本国际化的进出港口，充满异国风情。在横滨到处可以听到《蓝眼娃娃》《红鞋》《离别的布鲁斯》《横滨的蓝色灯光》等充满乡愁的旋律。

日本大都市的兴起大多可以追溯到中世纪或是古代。但横滨却不一样，它从160年前的幕府末期，也就是近代化开始时才赫然登上了历史的舞台。安政元年（1854），当时的江户幕府在半渔半农的武藏国“横滨村”字驹形，与佩里将军签订了《日美亲善条约》。这个生活着百余户人民的贫寒村落就是横滨的前身。安政六年（1859），横滨港开港后，横滨作为日本近代化的先驱得以快速发展。现在的横滨是一个集游玩、美食、购物、观光于一体的十全旅游城市。就让我们去感受横滨和神奈川县独有的风情，来一场“不同风格”的旅行吧。

16 号国道线是一条环绕东京都，长达 253 千米的环状产业运输线，同时也是首都防御带。以横须贺为起点，所有西部地区，以及南部诸县和千叶县富津市都在其防御范围之内。防御带沿线配备保卫首都安全的自卫队和美军的大型军事基地群。

首先，我们来看看位于南端的横须贺军事基地。那里是“二战”前帝国海军的军区，现在也是首都防御的要冲。配备有海洋自卫队、日本陆上自卫队驻屯地、国防大学、美国第七舰队（核动力航母）。

离开横须贺，来到笔者所喜爱的横滨市。那里有横滨北港、鹤见燃油储存站、池子住宅区等。西边有厚木（航空母舰舰载机部队）、座间（美国陆军第一军团司令部、陆地自卫队中央应急司令部、在日美军陆军司令部）。另外，还有相模综合补给厂、东京都横田（在日美军总司令部、第五空军司令部）、埼玉县入间（空军自卫队）。

这一切都在 16 号线的最佳可控范围内。越南战争时，这里也发生过阻止美军战车通行的事件。但是如今，不管是武器弹药，还是去富士演练场的冲绳海军陆战队士兵，都用大型集装箱或民用车辆运送，一般人看不出来。

现在神奈川县的知事黑岩佑治是笔者高中时候的学弟，据他所说相关联的 9 个都市和县都在默默地尽力帮助解决问题。正因如此，一旦有不好的苗头才能被尽快遏制，从而为安稳的生活带来保障。也许是幸运，但奇迹确实在继续。

笔者曾参与肯特·卡尔德教授的《日美同盟间平静的危机》一书的出版工作。教授说，日美同盟和美军基地问题已经不单单是军事上的问题，已经涉及文化、社会、经济等多方面。这是一个重要的观点。因为神奈川与首都相接，从地理、政治上来讲“军事交流即文化交流”，横滨不单是一座贸易港口城市，还是一座负责向全国传递产业、文化艺术、社会生活方式、自由主义思想等近代文明要素的综合型城市。而新格兰酒店就可以向我们讲述那段历史。新格兰酒店是一家著名酒店，卓别林等知名人物以及王公贵族都曾入住过。那不勒斯式意大利面、鱼贝鸡米饭等菜肴不是从欧洲来的，而是在这里诞生的，这里是日本西餐的发祥之地。夜晚在酒店品味一杯“横滨”（一种调制鸡尾酒的名字），这里用的汤匙产自美国，也印证了那段进驻军占领该酒店的历史，如果愿意，你还可以入住麦克阿瑟司令曾经住过的 315 号房。

笔者的父亲以前是商社的职员，在日美开战后，曾被扣留在达拉斯，最终在昭和十七年（1942）乘坐浅间丸号交换船于横滨港归国。那时候还是小学生的笔者就是在这家酒店与父亲团聚。沉浸在四分之三个世纪以前的回忆里，笔者从酒店动身，经过山下公园，然后去了横滨港未来区，眺望了横滨海湾大桥的夕阳。时间仿佛在这一刻停滞了。横滨，一个静谧的、可以给您带来无上快乐体验的地方。

司马辽太郎曾说，横滨较神户而言，给人一种暗淡、富有哲学气质的感觉。虽然这里是一个优美的港湾城市，但总是让人捉摸不透。只要皇居和首都的位置不变，横滨就将永远肩负加强国家的国际化和防御能力的历史性任务。童谣《蓝眼娃娃》的旋律与16号线嘈杂的电车运行声交织在一起，成为一首莫名庄严的赋格曲，从海底传来。大家能真切地听到这种混合后的旋律，这不是梦。

（武部晃二）

久居才知古都镰仓的山与海

镰仓和户塚、藤泽、平塚、小田原不同，地理位置偏离东海道主线。为什么源赖朝会选择在这里建立幕府呢？在 12 世纪的当时，镰仓拥有连接甲府和小田原等市的陆路交通，并经过三浦半岛东侧的六浦，是一个交通枢纽。就像谣曲《六浦》中所唱，镰仓是前往东国的门户，是其经济发展的战略要点。镰仓的海路从六浦延续到上总凑，沿海路北上，至下总国、常陆国、虾夷地。

自从江户时期东海道得到发展以后，远离主要交通路线的这片土地保留下来许多中世纪的遗产。结果许多史迹和传统活动都流传至今，使这里发展成为继承中世纪之美的文化土壤。镰仓交通便利，离东京都中心只需不到 1 小时的路程，每年游客人数超过 200 万人次，已经成为东京都首屈一指的旅游胜地。重游这个拥有 800 年历史的地方，可以让人切身感受到幕府的由来。在游览时也不知不觉地锻炼了自己的身体，解放了心灵。

途中还可以品尝当地的美食特产。人们在感受到美的同时，也会对生命充满感激，得到生活的乐趣。

首先，我们来介绍一下镰仓中央公园。这里的景观未经人工雕琢，保留了原来的状态。园区分为可以进行各种娱乐活动的休闲区和由树林、湿地、动植物、野草构成的保护区。整个园区面积广大，大概有 5 个 Tokyo Dome（棒球场）的大小，约合 24 万平方米。在这里，游客可以体验当地人的耕作，还可以用炭火烤肉。

从这里出发，在通往北镰仓站的县道上走上一会儿。在右手边可以看到野村综合研究所的旧址和一些文化遗产保护建筑的影子，步行 30 分钟后到达源氏山公园。在这里除了参观源赖朝的雕像以外，还可以顺道去葛原冈神社参拜姻缘神，游览钱洗弁天神社和佐助稻荷神社，途中还可以眺望远处的相模湾。

从这里开始有两条旅游路线。一条是镰仓站方向。这里有现存唯一的一座尼姑庵——英胜寺、北条政子的墓地所在的寿福寺等许多值得一览的史迹。

来到这附近的话，会想去擅长制作萝卜料理的“福来鸟”餐厅品尝美食。餐厅里充满震撼力的大幅壁画和人偶娃娃令人印象深刻。在这里可以一边品尝镰仓的美食，感受来自大地母亲的恩惠，一边回想当时镰仓的繁荣景象。餐厅附近有星巴克咖啡镰仓御成町分店。这家店以前是漫画家横山隆一的宅邸，建筑风格和其他星巴克咖啡店完全不同。这也许正是镰仓独有的美感。

另一条线路是从镰仓站出发通往镰仓大佛。途中坡道上下起伏，不由得叫人气喘吁吁。途中，可以在飘浮于林中的天空咖啡馆“树园（Garden）”稍事休整，继续前行，可以闻到深山清新独特的空气。

参拜完国宝大佛后，可继续去长谷寺参拜。那里有高达9米多的十一面观音本尊，是日本为数不多，也是最大级别的木雕佛像。寺院常年被花卉苗木点缀，可谓西方极乐净土。在见晴台还可以远眺相模湾。这一系列的景致可以让人感受到刚才这一路环山行来的不可思议。另外，每年3月11日长谷寺和其他宗派的寺院，会开展纪念东日本大地震死难者的活动。需要注意的是每年该活动的举行场地都会有变化。镰仓在幕府没落之前一直是古战场，所以才让人感到它悲天悯人的宽大胸怀吧。

最后去往海边。从镰仓海滨公园眺望江之岛的夕阳，就连富士山都能映入眼帘。现在终于可以在近处欣赏到相模湾恢宏的气势了。看到这些，不禁让人感叹，拥有复杂山地地形和眼前的相模海湾的镰仓从源赖朝的时代开始，就是山与海、陆地与海洋的交叉点。

像这样悠闲自得地巡游镰仓，就可以欣赏到山景和海景。通过以上叙述，我们能再次感受到它悠久的历史，更加理解源赖朝选择镰仓作为通商、防卫要地的原因。镰仓是一块不可思议的土地，新旧事物在这里融合，至今我们在这里还可以追寻到中世纪的美。感受了这样的奇迹，笔者最后选择去“稻村崎温泉”泡温泉，再来一杯啤酒放松身心。

（真濑宏司）

八岳南麓享受名水和太阳恩惠的乡土

在新宿站乘坐中央体线特快列车“AZUSA”号前往小渊泽站，车程约 2 小时。站在小渊站的月台上，可以清楚地看到南面的南阿尔卑斯山脉和北面的八岳山。平成十八年（2006），小渊泽町被并入北杜市，而城镇中心就是现在的小渊泽站。小渊泽虽是一个人口只有 6000 多人的小城，但从古代开始就是往来交通的要冲。现在的小渊泽站是 JR 小海线的起点，也是八岳山的入口。每年旅游旺季都有许多观光客前来游玩，非常热闹。

穿过昭和复古风的站前街道，呈现在眼前的是大片大片的田地（图 10）。农业是这里的主要产业。当地有充足的日照和丰富的水资源，土地旷阔，农作物新鲜美味。八岳山和南阿尔卑斯山融化的雪水是这里的水源，水量丰富，所到之处泉水喷涌。当地的年均日照时间处在日本的最高水平。如此得天独厚的自然条件使这里成为出产优质农产品的地方，的确称得上是“名水与太阳眷顾的村落”。

那么接下来就来领略一下这座村落的美景。从小渊站向西行走约20分钟，周围开始出现满片的田野，穿过田野一角的小型鸟居，就到了大泷神社，那里供奉的是当地的农业守护神。侧耳倾听，青葱的树林中水流奔涌而下。这里的大泷泉水被选为“日本名水百选”之一，每日的水流量约为22000吨。大泷泉水一直灌溉着周边的田地。

然后，我们乘坐北杜市民公交南下，大概15分钟后到达“清春艺术村”。村临甲斐驹之岳，村里种满白桦树，漫步于此，凉风习习，心情舒畅。村里的“蜂巢”是画家们的工作室兼住所。另外，清春白桦美术馆也在村里，那里收藏着乔治·鲁奥和梅原隆三郎等人的绘画作品。

如果时间充裕的话，可以前往三得利白州酿造厂参观。这里以甲斐驹之岳流出的水为原料酿造威士忌，酿造出的酒色泽美丽，宛如琥珀。

接着去车站北边看看。在小渊站乘坐小海线，经过一站地，在甲斐小泉站下车。这里的车站很小，出了站，呈现在眼前的就是近代建筑风格的平山郁夫丝路美术馆。平山先生生前探访丝绸之路超过130次。该馆展出了多幅《丝绸之路素描集》和《大型丝绸之路系列绘画》作品。这里是享受心灵平静的绝佳场所。

从美术馆出来步行5分钟，会看到一片茂盛的森林。在这座森林里有“日本名水百选”之一的“三分一泉水”，水的源头在八岳山，水源源不断地喷涌而出，在滋润周围农作物的同时，流到鸠川、釜无川，最后与富士川合流。这片林子里有一家面馆，在这里可以品尝到当地名水和太阳滋养下出产的地道荞麦面。小渊站位于海拔 800 米至 1100 米的地方，昼夜温差大，适合荞麦生长。每年 9 月，在这里随处可以看到盛放的白色荞麦花。

小渊站周围，酒店、旅馆、民宿齐备。时间充裕的话，可以在这里住上一晚，第二天乘坐小海线一路到终点的小诸站，充分享受投向大自然怀抱的休闲列车之旅。

这是笔者今年第二次体验这里的荞麦种植活动。笔者和自己的高中同学共 6 人租了一块田，每月去田间劳作两次。现在荞麦的种植和稻米一样，实现了机械化耕作，但我们还是采用以前的农耕方式，自己培垄、播种，两个多月后用镰刀收割成熟的荞麦，并暴晒约两周的时间。最后用脚踏式荞麦去壳机脱去荞麦的壳，得到最后的成品——玄荞麦。就连磨粉也坚持用石臼进行人工操作，虽然十分辛苦，但这种在名水和太阳滋养下收获的手工荞麦面风味确实与众不同。

有“名水与太阳眷顾的村落”之称的小渊泽最适宜发展农业。周围群山环抱，身处其中，快速的生活节奏得到调节，连心都会随之静下来。对旅行的人来说，是一个不可多得的休憩之地。

（市古纮一）

野麦大道　在人迹罕至的自然之境聆听风声

清晨凉爽十字路 结绳标石做标记——松本一纪

在松本城下，本町大道的附近有一块刻着“战国遗迹盐市拴牛石”字样的石碑。据说这块石头是当年为敌人渡河运盐时拴牛用的。越后国的盐道“千国大街”是交通要道，和数条道路相通。以这块碑石为起点通至高山的野麦大道、和中山道相通的五千石街道、善光寺街道，以及与江户相通的保福寺道。现在就让我们跟随中里介山的小说《大菩萨岭》的脚步，穿过小说中描写的秘密温泉，在享受山路驾驶的同时，游览野麦岭的自然风景吧。小说将野麦大道的岛岛谷描绘成一个“风光无限好”的地方，文中出现的秘密温泉也因此广为人知。

开车从松本城朝白骨方向去时，车载导航中会显示“野麦大道”的位置。以枪岳为分水岭的梓川和它的溪谷从大正末期开始被用于水力电源开发和再生能源的利用。此外，农业水利、水害防治、道路整修等基础设施建设也得到了发展。群山倒映在平静的湖面上，大坝与岛岛谷的溪谷美景浑然一体，独具协调之美。

虽然我们现在无从得知白骨温泉的具体历史，但据说镰仓时代就已经有这个温泉了。

《大菩萨岭》从大正二年（1913）开始在报纸上连载，历时29年，共41卷，是一部未完成的历史小说。当时“日本的阿尔卑斯”这个称呼还没有被广泛接受，作品中经常出现一个几乎无人知道的温泉地“白骨”。关于作者为何如此着墨描写此地，这一点尚无定论。但笔者认为，之所以多次描写这里，是因为这个幽静的温泉疗养地与世隔绝，处于现实与虚幻的边界，而且初冬时节有种语言无法形容的寂寥感，这一点和“白骨”给人的语感，还有“幽鬼的剑客”机龙之介给人的虚无感相吻合。作者在书中写到：他到访此地不久后马上将发生的事写进了故事，旅馆的主人说“白船”而作者误听成“白骨”之后就一直沿用“白骨”这个称呼。

现在这里有十多家旅店，夜晚却没有一处霓虹的灯光。到了9月份，天空会骤然晴朗，在这小小世界里，星空格外闪耀。没人可以经得住那种好像身体被压垮一般的绝对静寂。

从白骨温泉出来，我们乘坐“超级林道上高地乘鞍线”，穿过乘鞍高原进入松本市奈川地区，并再次穿过野麦大道，向野麦岭进发。满山尽是黄色的枫叶，层林尽染。置身其中，可以眺望乘鞍山、霞泽山。运气好的话，途中还可能看到日本羚羊和猿猴的身影。9 月中旬的白桦岭是观察老鹰飞翔的绝好场所，那时可以看到大群老鹰像柱子一样，盘旋着飞上天空的景象。

以长野县冈谷为产业中心的纺纱业为明治时期的日本发展作出了巨大贡献。从事该项工作的少女们大多从飞騨的农村外出谋生计。虽然她们从高山走野麦大道到达了松本，但跨越海拔 1672 米的野麦岭对她们来说却是一个挑战，特别是冬天的时候。有很多女工病倒，或是在回乡途中殒命野麦岭，这些被小说家写在《女工苦难史的山岭》的报告文学中。但也有一些女工在重度劳动中坚持下来，努力也得到了应有的回报，荣归故里。所以这里也是见证女性顽强拼搏、谋求生计的历史小舞台。

明治末期，中央线开通以来，就很少能够见到翻山越岭的女工们的身影。那时的山岭是另一种热闹，被叫作“油甘鱼大道”。油甘鱼是日本庆祝跨年或是正月里的节日——“晴之日”中不可或缺的，这种西方的美食文化翻山越岭传到了信州。但现在那里的山岭已没有往昔的热闹景象了。

看到这里的山景，别离的伤感和返乡的喜悦交织在一起。这种景观正随着岁月的流逝，渐渐回归自然。旧奈川村被海拔 2000 米高的群山环绕，保留了原始的山中风景，那里的景致就像德岛的祖谷一样。

为了怀古，每年 5 月下旬这里都会举行野麦岭祭典。那天，少女们的头上会扎上白色头巾，身着条纹花样的和服，绑上红色绑脚绳。游客可以跟随这些盛装打扮的少女们一起参加纪念游山活动。当地人的待客之心代代相传，在这里可以和他们亲密交流，感受人间温情。

最后介绍高原村落独有的美味。当地有一种叫作“涮荞麦”的传统美食。这是一种把荞麦面放进汤里或者沸水中涮煮的吃法。把分成小份的荞麦面放进用竹子编成的小笼中，再放进由野菜、山鸡肉等炖煮而成的热汤中涮食。这种美食风味独特，体现了当地传统的荞麦文化。

“香山岭的登山口开满白百合”松本一纪

（松本一纪）

信州上田　真田一族的因缘之地

回顾历史，信州在上古时代是神佛经常到访的地方，到了日本战国时代（1467—1585 或 1615），这里就成了武田、上杉、北条、丰臣、德川等武将们争夺的要地。信州有名的武将有平安末期的村上义清，他曾两次打败木曾义仲、武田信玄；另外还有一位名人真田信繁（幸村）。每年许多国内外游客都前来追寻古代英雄的足迹。

这些英雄中，真田一族的声誉最为突出。虽然目前尚未确定真田一族的发源地，但人们普遍认为是在信浓国的小县郡（现在的上田市真田町）。他们在东信浓的这块土地上居住壮大，并以此地为战略据点。

信之、信繁（幸村）的父亲真田昌幸是足智多谋的名将，是真田幸隆的三儿子，他效力于武田信玄，并在武田政权灭亡后，使用权术，坚守沼田、小县的领地，最后跃身成了战国大名[1]。

信之在关原一战中与父亲昌幸和兄弟信繁（幸村）对决，

① 大名是日本古代的官名。——译者

加入了德川家的阵营。之后他在德川幕府担任大名职务，统治财力为 10 万石[①] 的松代藩（现日本长野县长野市松代町松代），之前在 3 万石的沼田藩担任大名，保全并延续了真田一脉。德川家康曾经称赞他说：“豆州是天下之宝。”（出自《真田太平记》）从这句话中足见信之极得家康的信任。

昌幸的二儿子信繁（幸村），在元和元年（1615）大阪夏之阵的最后决战中，运用极少的兵力突入家康的本阵，虽最后战死，但因其英勇的表现而被人铭记。在萨摩岛津的记录中也赞美真田是日本第一战将，前无古人。

这样的赞美也同样出现在池波正太郎的《真田太平记》。

真田氏统治的上田城是昌幸于天正十一年（1583）所建，这是一座拥有辉煌历史的名城。真田氏在这里因以 2500 人的兵力于天正十三年（1585）、庆长五年（1600）两次击退德川氏的 3.8 大军（人称两次上田合战）而名声大振。但是，让秀忠军头疼的这座城池最终还是不能逃过被毁坏殆尽的命运。在关原合战中，西军战败，昌幸被流放，家康下令毁掉这座城堡。在那之后，（德川幕府）一律不许重新建造上田城，也许德川家康想彻底把这座城从世间抹掉。现在上田城的遗址变成了一个公园，近年来重建了箭楼和城门。

在以前的二之丸，有著名的上田城址公园。公园里有一座上田市立博物馆，里面展出了许多与真田氏有关的展品。这里

① 石是用来计大米的重量单位，1 石＝150 公斤。——译者注

每年4月还会举行“上田城千樱祭典”，届时约1000株樱花一齐盛开，吸引着县内外的游客前来观赏。

池波正太郎的文学馆“真田太平记馆”的馆内影院会播放《攻占上田城》《真田太平记的世界》《上田城下町》等影片。同时那里有除了供奉真田昌幸、真田信繁父子的真田神社之外，还一并建有棒球场、网球场、田径跑道等运动场所。

说起信州，最有名的是它的酒。酿造好酒需要有好水，信州环境优美，周围有飞驒、木曾、赤石等山脉，从这些山上流下来的水很适合酿酒。“松本城下町喷泉群”“观音灵水”“木曾源流的村落水木泽”“龙兴寺清泉”被评为“平成名水百选”，令县民引以为豪。这些清洌的名水，将在适宜的空气、温度和酿酒厂的酿造技术下，摇身一变成为醇香的地方酒。

适合酿酒的米以“美山锦”“人心”等最为有名。

另外，关于名酒，除了我们熟知的诹访的“真澄”以外，还有上田、佐久、小诸、千曲、饭山等东信州和北信州地区的人常喝的“千曲锦”“姥捨正宗”“菊秀”“信州传说”“水尾”等。大家可以在不同季节品尝不同种类的酒，享受独特的味觉体验。

县民经常随口哼唱县歌《信浓国》。曲中讴歌了信州的地理与历史，但一曲难尽信州的美丽。

在信浓国的深处，草木抽芽 ——坪井庄一郎

希望大家尽情享受美丽信州之旅。

（坪井庄一郎）

秋叶秘境　从南阿尔卑斯的大鹿村到下栗之乡

秋叶街道是一条连接信州与远洲的古道，地处日本最大的断层带中央构造线的正上方，总长 220 千米，绳文时代是盐等商品的贸易通道。这条路地势险峻，广为人知。日本中世时，武田信玄从甲州向滨松进军时走的正是这里。顺着这条古道，两旁有一些鲜有人踏足的“世外桃源”。其中，大鹿村被评为“日本最美村落”，下栗之乡历史悠久、自然风光明媚，入选“日本乡村百选”。

在 JR 饭田站（伊那大岛站）乘坐巴士可以到达这里。因为来往巴士的车次较少，笔者推荐自驾前往。

行车于蜿蜒狭长的山路，穿过隧道后就能看见大鹿村了。

美丽的自然风光、历史、文化，以及当地的民风民俗交织成大鹿村语言无法表达的魅力。春秋的歌舞伎、山盐的温泉、乡村料理等，都是些只有亲自前往当地才能体会到的独特体验。丰富多彩的邂逅在大鹿村等着您。

大鹿村的歌舞伎兴起于300年前，如今村民也经常在神社前表演。而真正让这项表演名声大噪的是平成二十三年（2011）播放的《大鹿村骚动记》，这部电视剧十分珍贵，是个性派演员原田芳雄的遗作。大鹿村在每年的春季（5月3日）和秋季（10月的第3个周日）定期举行歌舞伎公演。届时，大量国内外爱好者会前来观看，现场座无虚席，一片盛况。

拿着六层的便当盒“六弁”，在神社里找块地方坐下，看到最精彩的地方大声喝彩，并给些香钱。这种观众与舞台上的演员融为一体的氛围，最容易让人沉浸其中。

还有一样东西也是只有大鹿村才有。它不是岩盐，而是日本唯一的“山之盐”。

深山中涌出的盐水与海水的浓度相近，人们从中提取盐，品尝到大自然温柔的味道。鹿盐温泉是一座盐泉，置身其中，柔滑的温泉水会静静拂去你身体的疲惫。

野味和温和的山盐最为相宜。大鹿的野味菜常用鹿肉、野猪肉，配以当地的应季蔬菜、野菜、水果等。这种传统菜十分健康，充满日本自然的味道，让人大快朵颐。

这里还有一种梦幻般的植物，就是每年6月在大鹿村的深山中盛放的喜马拉雅蓝罂粟，这种植物只有当地才有。但碍于篇幅限制，这里就只略述一二。

由大鹿村往南行驶，不久就能见到海拔1838米的白桧曾高原。站在这里，眼前是南阿尔卑斯山脉，北面还可以眺望中央阿尔卑斯山脉的雄伟景象，这景致美得让人窒息。沿这里走 30 分钟，就到了下栗之乡。它位于最大倾斜度 38 度的陡峭斜坡之上，那里零星分布着民房和田地。

其实这里就是动画电影《千与千寻》里的“天空之城”的原型。这里景色秀丽，人与自然和谐共处，被称为“日本的蒂罗尔州”。同时，这里还继承了自古以来的信仰和美食文化，这神圣的秘境就像印加文明的古代遗址。下栗之乡附近曾发掘出绳文时代的陶器。由于这里日照时间长，非常适合种植一种叫“二度芋”的小型马铃薯。从这一点来看，与其说这里像印加文明的遗址，倒不如说它可能属于安第斯文明。整片的纯白色荞麦花盛开，景象美不胜收，让人感觉仿佛到了天界一般。

每年 12 月这里会举行“霜月祭”，平安时代到镰仓时代的祭典基本上按照原形保留至今。太鼓声和笛声交汇，人们头戴面具，扮演神灵的化身，整夜跳舞到天明。这是一种与宫崎县高千穗地方的夜神乐相似的迎神仪式，也可以说是日本民间艺术的一个原点。

下栗之乡是远山乡的村落之一，这片地区被称为“神的王国”。这里有诹访神社、龙渊寺等神社寺院，所到之处都有石佛，从中可以窥见当地人们对神灵的崇敬之心。

在和田城领略过战国时代诸侯远山氏的辉煌人生，品味名水观音灵水的甘甜后，最后去“神之汤”远山温泉乡神乐之汤泡温泉。这里的温泉全国有名，水温 42.5℃，是少见的氯化物泉。在这里享受完自然之美，身心得到治愈。踏上归途，也许在快乐的每一天里都能发现新的自己。

（海老原政德）

大雪飘落　村上的米与鱼

提到村上，总给人一种怀念的感觉。位处日本海一侧的这个小城市，为什么总令人魂牵梦萦?

该地区在古时候被叫作岩船郡或是濑波郡。村上是老城厢，位于被群山环绕的河岸台地的平原之上。城中心在背山临水、地理位置优越的卧牛山上，东面是朝日群峰，西面是日本海。东西流向的三面川穿过市区，水质清冽，水量丰富。朝日群峰上融化的雪水和冬天埋在雪地里的田地培育出了当地美味的大米。

新潟越光米产于当地的岩船。这里的米适合酿酒，酿酒在冬季下料。利用下料的软水和低温发酵技术可以酿出好喝的日本酒。宫尾酿酒厂生产的“〆张鹤”是天下第一名酒。游客还可以参观大洋酿酒厂，试饮那里生产的“和水藏”酒。

日式料理一直被认为是日本人长寿的秘诀之一，而制作日料的基本食材就是米与鱼。在稻文化影响下，日本人形成了生

日本的四季之美

日本的四季既是日本人心灵和精神的源泉，也是日本人的故乡。

春之花，夏之杜鹃，秋之月，冬之冰雪，寒意阵阵来袭。

早在日本的镰仓时代，中国的禅宗传入日本。之后道元禅师（1200–1253）确立了日本独特的禅宗。这首禅诗便是道元所作。

他将人融入春夏秋冬的变化之中，在诗歌中通过日本人的自然观、审美观和伦理观咏唱出禅宗的真髓。

日本人崇尚人与自然和谐共生，这首禅诗展现了能代表日本人审美观的“雪月花”。

图 1　静冈县 河津樱花和油菜花（出处：河津町）

图 2　富山县 散居村 农田和传统建筑（出处：砺波市）

图 3　长野县 白骨温泉露天浴池（出处：松本市）

图 4　富山县 越中五座山合掌式建筑相仓村落（出处：南砺市）

图 5　御所野遗迹 复原竖穴式住宅
（出处：御所野绳文博物馆）

图 6　伊达政宗像
（出处：林孝男）

图7　小安峡

（出处：秋田县观光协会）

图 8　偕乐园与好文亭

（出处：茨城县观光物产协会）

图 9　袋田瀑布 全部冻结

（出处：大子町观光协会）

图 10　八岳南麓的田地

（出处：北杜市）

图 11　新潟县 星峠的梯田

（出处：十日町市观光协会）

梯田是指在山区陡坡上开垦的水田。自然景观与人类活动相互融合，勾画出日本的这一原生态美景。全日本有134个地区入选“日本梯田百选”，星峠的梯田就是其中之一。照片是晨雾笼罩下的梯田美景。

图 12　长冈烟花
（出处：长冈市）

图 13　堂岛天窗洞
（出处：西伊豆观光协会）

图 14　砺波平原的散居村

（出处：砺波市）

图 15　水平步道 感受悬崖峭壁的高度

（出处：宫田淳）

图 16　鲭鱼寿司 日本文化遗产

（出处：小浜市）

图 17　威风凛凛的彦根城
（出处：彦根市）

图 18　羽合温泉 望湖楼
（出处：平井隆一）

图 19　环游护城河
（出处：岛根县观光联盟）

图 20　鹤山公园 樱花树丛
（出处：津山市）

图 21　从“看见历史的山丘公园”眺望濑户内海

（出处：若山正纯）

图 22　东方的马丘比丘（春季）

（出处：新居滨市观光协会）

图 23　伊万里陶瓷的故里 大川内山

（出处：高井俊成）

图 24　从锅冠山俯瞰长崎港
（出处：长崎县观光联盟）

图 25　水前寺公园

（出处：竹内利雄）

食、烤、煮、干制、腌渍、熏制等烹饪方法。村上人从古代开始就有吃咸鲑鱼的习惯。这里的咸鲑鱼采用的是在去除鱼肠后的鱼身涂满盐，在寒风中腌制的办法，腌出来的鱼有一种村上独特的风味，也是当地初冬时节的特色。在奈良、平安时代，这里的鲑鱼还作为贡品献给都城。江户时代，村上藩利用鲑鱼洄游的习性，研发出前所未有的“种川制”人工养殖法。这带动了鲑鱼的人工孵化产业，带来经济收入。

接下来，我们思考一个问题：当时人们是如何买到盐的？在江户时代中期，濑户内海的入滨制盐厂的制盐产业发达，已经能够将盐运到新潟，但却很难保证稳定供给。外部的盐运不进来时只能自给自足。

从很早以前开始，日本全国就兴伐木，利用河流把木材送至海岸。在那里烧木煮干海水来制盐。那么，锅从何而来？追溯历史，当时能登穴水的运送船上的铁匠，通过海路将铁质的盐锅租借给生活在日本海沿岸各地的人们，并以此为生。现在当地仍留有昔日的遗迹。笹川水流风景秀丽，海岸边奇石嶙峋，在那里的345号国道兜风，偶尔还可以看见烧柴制盐的场景，几缕青烟缓缓升起，很有意境。

在这沿南北方向呈细长形的岛国的列岛中央分布着山脊峰峦，各地由海峡、山川划分开来。人们虽然住在不同的地方，却在共享同样的事物。船只横向穿在一起，组成船队，航行往来于日本各地运送物资，刚才提到的盐锅就是一个典型的例子。

从海上看石船神社所在的明神山，那里就像一座巨船造型的岩山。古往今来，对为勘测日本海而北上的船员来说，弥彦山之后的下一个目的地就是明神山。当地的浅滩是船停泊的码头。日本海的渔民曾经在这里生活，并将文物送到这里。祝言能《岩船》的故事中有对这种情景的描写。关于石船神社的由来有一种说法，就是人们通过祭神来获得航海、渔业、制盐、农耕、养蚕的技术，并建造了这座神社。但其实在取“岩船”这个地名前，这里已经有上述技术了，所以说这里的“技术先于地名”。神社佛阁总是建在所谓有泉水涌出或是地基牢靠的吉祥之地。因为是往来文物在海路交会的据点，政府就在那里设置了第一座“磐川栅”，石船神社就建在它的旧址之上，至今如旧。岩船这个地名，蕴含着人的心思和想法，也向我们讲述着地区的文化与历史。

这里四季举行不同的祭典（村上大祭、濑波大祭、岩船大祭），有各种传统节目（遍访町屋人偶、町屋屏风节、宵竹灯笼节），这里的产业、工艺、味道，都来源于当地从古至今作为海路交会据点而兴盛一时的史实。现在因为全国铺设了铁路，海路正在逐渐退出历史的舞台。这里也是一样，自从大正十三年（1924）开设了羽越线以来，就不再能见到海上航船的影子了。

戊辰战争中，村上坚持正义，加入了奥羽越列藩的同盟。

以致受到明治政府的冷遇。岩船、村上，利用身处雪国的独特地理条件，150 年间默默发展。最终诞育了当地独特的文化，也保护了当地的生活习俗和风土人情。这里的一切都是那么令人怀念。

（高木健次）

越后十日町　重振地方的模范

越后平原的山村十日町市位于十日町盆地与信浓川之间广阔、起伏的河岸边上。

从平成十二年（2000）开始，这里每隔3年举行一次名为“越后妻有国际美术展览会”的大地艺术节。在艺术节上，世界知名艺术家会利用梯田（图11）、闲置的房屋、废弃的学校等空间，现场创作有趣的画作。这个节日是当时的新潟县知事为解决当地人口稀疏问题而提出的一个应对措施，现在在国内外受到好评。越后妻有里山现代博物馆“Kina-re”、Mazudai“农舞台”、光之馆、市立博物馆等全年开放，值得前往参观。

许多游客留恋这里的山景。大地艺术节的后援团队“小蛇队”中有从首都圈来的年轻人，也有一些通过农耕体验，已经完全融入当地生活中的人。最近，当地的青年和前来参加支援活动的女性结成情侣，举行集体婚礼，可谓是真正的地方振兴的模范。

十日町是日本为数不多的冰雪地带。一万年前就有人生活在这里。当时的竖穴式住宅构造独特，能抵御大雪。在笹山遗迹中发现的火焰形陶器艺术价值极高，令人称奇，就连冈本太郎（日本著名的艺术家）也为之惊叹。这件艺术品是国宝，当地人对它寄予厚望，希望它可以成为2020年东京奥运会圣火台的候选设计样本。十日町市立博物馆中还展出了许多其他当时生活用品的模型和火焰形陶器，展出内容丰富多彩。

这里和札幌一样，每年都举行冰雪节，但举行时间稍稍比札幌的冰雪节要早，所以可以说这里是日本冰雪节的发祥地。以冰雪世界为舞台的雪地狂欢节目很值得一看。

瑞雪兆丰年，严冬的大雪为大地带来丰富的物产。初春时节采野菜就是其中之一。但是因为采野菜要进山，所以需要当地人带领。融化的雪水滋润着农田。信浓川是日本最大的河流，在它的河岸台地和十日町盆地的农田，以及沿山梯田里收获的鱼沼产越光米，味道天下第一。有名的星岭梯田每年都会吸引日本全国的摄影爱好者到此采风。

从十日町市的中心街区出发向越后汤站进发的途中，可以看见日本三大峡谷之一的清津峡。在长约700米的防灾隧道中穿行，可以发现隧道中建有四处眺望峡谷景色的展望台。虽然1月至3月不对外开放，但在初春时节，岸边仍然可以看见流淌的河水中未融化的残雪。新绿与红叶交相辉映，十分好看。峡谷岩石的柱状石纹一定会让旅人大为惊叹。这些岩浆冷却后形成的四角或六角形的岩柱都是大自然的鬼斧神工。

古代的十日町市和京都的西阵一样是丝织品的产地之一。现在在市内缫丝工厂仍然可以窥见往昔的制丝景象。街上还有一些以前商人住过的驿站。十日町的地方美食“片木荞麦面”中添加了一种叫“海萝”的海藻，口感筋道、味美可口。要泡温泉的话，可以选择去日本三大药汤之一的松之山温泉。那里约有 10 家旅店，每家的温泉和料理都各有特色。而信浓川附近的“mion 中里”不仅包括温泉、美食，游客还能在此体验信浓川的漂流项目。贝尔纳提奥酒店也非常舒适。

如果带着孩子前来，在橡胶的美人林附近有一个森林学校博物馆，游客可以在此近距离观察各种生物。那里有许多大型独角仙和锹形虫，想必会令孩子们兴奋不已。乘坐 JR 饭山线的特别蒸汽机车，享受愉悦的列车之旅也是一种不错的选择。畅游其中不禁感叹，日本还保留着这样的地方，感激之情油然而生。

（横井时久）

长冈的安魂烟花和名人故事

虽说这里每年都举行烟花大会，但每次观看都有新的感触，烟花大会令人感动不已、泪流不止。像这样的烟花大会，其他地方应该没有了吧。长冈祭的大型烟花大会不是单纯的烟花大会，烟花散落在长冈大地，迎送着沉睡着的逝者亡灵。这种充当送神火和迎魂火的烟花一年只有一次，意义非凡（图 12）。

长冈人对这个烟火大会有着复杂的感情。古时候的人们为熬过接连不断的天灾人祸而历经千难万险，最后也有很多人为此丧生。为了迎接这些亡灵，并和他们一起祈祷，才有了这个庄严的祭典。天保十五年（1844）长冈町历经大火、庆应四年（1868）新政府军发起破坏性猛攻、昭和二十年（1945）遭遇空袭、昭和三十六年（1961）发生地震、平成十六年（2004）又发生中越地区大地震，这些历史上发生过的天灾人祸造成众多人死亡，人们希望通过烟花大会来镇魂和消灾解难。

每年的烟花大会从 8 月 1 日的前夜祭开始，共历时 3 天。

昭和二十年（1945）8月1日晚上10时30分，长冈遭遇空袭。为了纪念这一事件，前夜祭就在每年的这个时间举行。届时会发射三炮“白菊”，市内神社的钟声响彻天际。这一系列的活动是为了悼念逝者，感谢为地区复兴而尽心尽力的先辈，并祈祷永久和平。

前夜祭之后，大会的气氛逐渐走向高潮。直径90厘米，重300千克的“正三烟火”在600米的高空处绽放，形成直径650米的烟花环，效果十分震撼。不断绽放的大型烟花持续吸引着观众们的眼球。每年，全国大概有超过100万人来看这场烟花大会，也有很多人在观看时流下了感动的热泪。最后的压轴烟花是“凤凰”。这支烟花从平成十七年（2005）开始使用，寓意中越大地震后的地区振兴。10个烟花发射地一起发射“凤凰”，一时间形成全长2000米的烟花带，场面浩大，视觉效果震撼，其精彩之处会久久留在观众的脑海里。

但为什么是烟花呢？烟花绽放，一方面能一扫长冈人内心的积郁，另一方面也可以通过烟花对外展示长冈的独特魅力。在上杉谦信的时代，越后原本是一个完整的国家，但于江户末期分裂成11个地区。这些地区各自为政，培养了自己独立发展的气质和反抗精神。正是因为这种环境，当地人才辈出，出现了许多伟人豪杰。但这些豪杰在戊辰战争时却被视为山贼，长冈人对此含恨颇深。

长冈人才辈出，不胜枚举。凭借山本有三（日本小说家、戏剧家、政治家）的戏曲《百袋米》而走红的小林虎三郎（1828—1877），日本首位大学毕业的外交官、诗人、堀口大学的创校者堀口九万一（1865—1945），凭借超群的英语水平而大展身手的著名外交官齐藤博（1886—1939），海军大将、联合舰队司令官山本五十六（1884—1943）……这些人物只是冰山一角。

戊辰战争中长冈地区约85%的建筑被烧毁。为了帮助长冈战后重建，三根山藩送来百袋米以表示心意，虎三郎则将其充作教育经费，创立了国语汉字学校，为长冈的人才培养打下了基础。九万一在墨西哥大使馆任职期间，曾庇护过遭遇军事武装政变，向日本大使馆求助的马德罗总统及其家人，戏剧性地造就了一段历史传奇，为日本和墨西哥的友好关系竭尽全力。

“二战”前日本脱离国际联盟，奉行一意孤行的外交政策，在这样的外交大背景下，齐藤博于昭和九年（1934）出任特派驻美大使一职。时年49岁的他就这样成了一名年轻的外交官。那时，日美同盟关系破裂，日美关系不稳定。在这种情况下，他直接通过广播等手段向民众强调日美同盟的重要性，为和平事业尽心尽力。但最后因为过于劳累，客死他乡，享年54岁。时任美国总统的富兰克林·罗斯福和其夫人为齐藤博送上悼词和花圈，表达了自己的崇敬哀悼之情，并派遣军舰将其遗骨送回日本。这是日美开战前夜不为人知的一段佳话。当时山本五十六也在横滨港迎接遗骨的人群中，而 4 年后他在所罗门群岛上空被击落身亡。

长冈的烟花，是夏夜的烛火盛典，悼慰亡灵的同时也鼓舞着人心，激励人们振奋精神。

在长冈市乡土史料馆可以查到伟人事迹、长冈烟花的由来等详细资料。

（边见敏江）

西伊豆　在日英国人热爱的风景名胜区

伊豆半岛靠近首都圈，地域广阔，是有名的旅游胜地。东海岸有热海、伊东及多处温泉，在那儿可以观日出，欣赏大岛的秀丽风景，众多景点形成一条观光带，每年有很多游客去那儿。而西伊豆地区的交通虽然没有东部便利，但这里自然景色秀美，曾经是在日英国人所钟情的地区，有大片别墅区。笔者有个英国朋友在此租借了渔民的房屋，受朋友邀请笔者经常过去。渐渐地笔者开始喜欢上这里，以至于最后在可以眺望骏河湾和伊豆半岛以及三保松原的沼津市山里建了别墅，在西伊豆兜风的同时，享受美丽的风景。东名高速路拉近了西伊豆与其门户沼津市间的距离，近来横贯伊豆的公路线也开通了，当地交通更加便捷。

人们所说的西伊豆，一般在行政单位上指的是堂岛所在的西伊豆町。至于西伊豆地区，就可以将其理解成沉水海岸的旅游观光带，具体范围从北面的沼津市、伊豆市、西伊豆町一直到松崎町附近。西伊豆有许多名胜景点、遗迹，在这里可以享受丰富的温泉、海产资源。

笔者经常带朋友参观沼津市的旧沼津御用邸。明治二十六年（1893）至昭和四十四年（1969）期间，这里曾是皇家的别墅，后来被改造成为面向公众开放的公园，公园里有大片松林，还有可瞭望骏河湾的沙滩。在此一窥日本皇室简朴的避暑方式，颇有意思，沿海岸散步也是不错的选择。西浦海岸建有民宿，中午可以吃到海鲜，眺望骏河湾后面富士山的景色更是让人心旷神怡。前面的大濑崎风景很美。接下来就是户田温泉，这里的高足蟹很有名，再往前的土肥温泉也不错，如果选对旅馆，还能吃到正宗的料理。

意大利一直深受英国人喜爱，现在也吸引着来自全世界的游客。笔者曾经去过这个国家几次，全国各处的自然遗产和历史遗产保存之完好，不禁让人钦佩。卡普里岛的蓝色洞穴，云集了世界各处的游客。阿马尔菲海岸的祖母绿岩洞，从博尔扎诺的 San Pietro 酒店和拉韦洛的 Villa Cimbrone 酒店向外眺望，海岸风景壮观而秀丽。其实，伊豆西部也有诸多绝美景色，和这些相比有过之而无不及。比如，日落美景十分壮观。不过，由于不同季节太阳落山的位置有所变化，拍照取景的绝佳选址会随之变动，需要稍加留意。

宇久须温泉身处小渔村，附近的深田海水浴场值得一去，6 月的女郎岛和 12 月的黄金崎崎，日落景观壮美。南下来到名叫安良里的渔港，这里的水面风平浪静，春夏是观赏夕阳的最佳时节。从渔港南部的大田子海岸眺望，男岛和女岛之间西沉的落日美妙绝伦，不过只适合2月和9月观赏。继续南下，三四郎岛和堂岛绝佳景点可以一饱眼福。堂岛的龟岩，蛇岛，稗三升岛天然成景，不用专门去卡普里岛和马其他戈佐岛，在这里乘船就能观看到蓝色的洞穴。天窗洞顶部有一个很大的开口，日光照射的海面由此造就了令人赞叹的蓝色洞穴（图13）。周围宾馆的海景怡人，让人拂去一身的疲惫，在露天浴场泡泡澡，更是一种独一无二的享受。

返途先到土肥温泉，在一三六号国道上行驶，朝伊豆纵贯车道方向，可以马上进入东名长泉IC，所以兜风很长时间也不会累。如果是早上，可以往南面行驶一段，去松崎，在牛原山町民的森林展望台俯瞰港町、堂岛、骏河湾的风景也是很好的选择。如果时间允许，可以顺路去参拜修善寺，在竹林中或者沿着桂川散散步，之后吃个午饭。修善寺由弘法大师在平安时代初期（807）修建，见证了北条氏和源氏的兴衰。

（今井智之）

河津樱花的故乡——讲述交流的历史

河津樱花的故乡位于伊豆东海岸，和下田仅一步之遥，因为樱花的花期早而闻名。1958 年人们从河津川沿岸的荒地移植来樱花树苗，1966 年开始开花，经过培植逐渐形成规模。现在每年，约有 100 万游客慕名而来。除了樱花，这座小城还拥有自己独特的历史，赏樱怀古，遍览当地历史，也不失为一件快事。

从文豪川端康成偶得《伊豆的舞女》创作灵感的房间看去，隔着树木间的潺潺流水，可以望见羊肠小道和带有乡土气息的旅店。当时已经有共用浴池，不知可否看见舞女入浴的光景。直到 1955 年，伊豆的各个村落都设有男女混浴的共用温泉，现在有专门的组织保护一些鲜为人知的温泉。温泉旅店——福田家就是其中的一个，它周围环绕着绿树和清流，让人感觉仿佛穿越回了大正时代。

这里的河津温泉乡位于伊豆半岛东侧，河津川从天城山地流下，沿河川有几处温泉从地底冒出。其中特别值得一提的是峯温泉，1926 年，它在村公所成员的坚持下挖掘而成，100℃的热泉水喷射 30 米高，被称为东洋第一。呈条状的热水冲向天空化为水雾，在阳光的映射下，有时候还可以看见彩虹。

现在，电车从伊东通到河津故乡，省去了途中劳累，而在过去，必须穿过天城才能到达。途中，沿狩野川穿过密密的杉树林，到达一处隧道。隧道呈拱形，最上部采用当时最新的“切石卷工法”嵌入“共持石”，工程耗时 5 年，1905 年才正式开通。隧道全长 446 米，宽 4.1 米，是当时日本国内最长的石建隧道。

从隧道北端出来，阳光明媚的南伊豆映入眼帘。山谷颇深，河水向南流。途中下国道，从釜瀑布到大瀑布，河津七瀑布的徒步行走路线大约 850 米。规律分割的柱状节理不失为一景，终点茶屋的山葵盖浇饭也别具风味。

隧道建成之前，去南伊豆要翻越险峻的山岭，走海路的话又是另外一种体验。

段间遗址位于海岸见高地区的台地上，这里出土的大量文物可以追溯到遥远的绳文时代。其中用于制作箭头的黑曜岩中，有些是近处的伊豆七岛之一神津岛所产，还有一部分产自一座于东海道遥遥相隔的陆上孤岛——信州和出峠，海上交通给人们带来的便利，可见一斑。

谷津地区深山里的南禅寺，多尊佛像长眠于此，近些年来町内正在建设佛像展示馆。其中的药师如来坐像过去被奉为国宝，现在已被列入静冈县文化遗产。佛像使用榧子树为材料，采用独木雕技法，像高 117.7 厘米。它完成于平安时代前期，说明平安时代前期，海上交易已经十分繁荣。

江户时代初期，德川家康接手佐渡金山、石见银山后，任命大久保长安为金山奉行[①]，同时管理伊豆的金山。位于伊豆的几座金山中，南部绳地金山的产量曾一时凌驾于佐渡金山之上，德川家康曾引以为荣，还允许传教士罗德里格斯前去视察。金山在庆长十一年（1606）年开始开采，繁盛时期周围曾有 8000 户人家、9 座寺庙，但开采 27 年后金矿枯竭。进入明治时代后，当地开始开采含金矿石以生产炼铜用的溶剂，1970 年，由于矿源枯竭再次宣告结束。矿口和长安的宅地位置虽然尚未明确，漫步于附近，当时开采的情景仿佛依然历历在目。

江户末期，为了制造大炮，熔解反射炉的建造成为当务之急。最终，建造地点定在伊豆国市韭山，据说该市北部梨本地区沼泽产的泥土还曾用于烧砖。明治之后开始炼制耐火砖。现在，两处登窑的遗迹已经损毁，在庞大的阶梯状山葵田之后隐去了声迹。

在河津故乡泡温泉、赏樱花、品尝红金眼鲷料理。离开喧嚣都市，河津故乡是轻装旅游的好去处。

（萩原秀留）

① 奉行为日本古代官名。——译者注

制造业城市名古屋的传统脉络

因为工作调动去名古屋工作的五年间，我有幸了解了当地的历史和文化，经历了很多邂逅。在这一过程中，也逐渐领会到了名古屋在漫长历史中浸润出的优良造物品质和敢于对抗中央和权威的风骨。

名古屋在历史上是织田信长、丰臣秀吉、德川家康三位英雄人物活动的据点，至今保留着桶狭间、小牧长久手古战场、清州城、名古屋城等多处近代历史名胜和遗迹。供奉着神器草薙剑的热田神宫因信长出征桶狭间之战前曾在此祈祷战捷而为人所知。信长取胜后，认为这里有神灵保佑，捐赠了一面信长墙，墙壁至今仍保存完整。

名古屋的造物历史可以追溯到织田信长的时代。信长鼓励发展茶道、绘画、木匠、陶器和人偶，这些造物的历史积淀奠定了现在产业技术的基础。

进入德川时代，由于名古屋具备都市发展所必需的沃土

（生产力）、江河大川（信息、运输）、丰富的森林资源（能源）等得天独厚的地理环境优势，曾作为御三家之首的尾张藩繁盛一时。尾张藩第七代藩主德川宗春和第八代将军德川吉宗曾经展开了将军之位的争夺战。宗春和吉宗的性格截然相反，他反对吉宗在享保改革中采取的紧缩性政策，采取了宽松性政策。宗春认为民众的游艺活动有利于养精蓄锐，因此鼓励祭典和戏剧演出。这使得吉宗大为恼火，下令幽禁宗春。但是，宗春的政策促进了当地文化艺术和技艺的发展，他敢于对抗中央和权威的抗争精神至今仍在名古屋代代流传。名古屋有很多规模虽小却具有国际性的企业，正是因为当地有许多具有这种风骨的企业家正是源于企业家们对这种精神的继承。

德川美术馆收藏了尾张藩留下的大量贵重物品（甲胄、武器、刀剑、茶器、婚礼家具、源氏物语画卷、女孩节人偶），这些珍品讲述着日本战国之后波澜壮阔的历史。

提到名古屋发达的人偶制作技术，制造出日本第一块机械表的尾张藩的钟表师津田助左卫门功不可没。另外，宗春鼓励祭典和游艺活动的政策，吸引了全国各地的技师移居此地。人偶技师玉屋庄兵卫由京都移居到名古屋之后，促进了人偶花车的发展。在犬山市的人偶展示馆，还可以看到人偶发展的历史和人偶表演。甚至可以说，人偶技术的进步和发展形成了当地的产业环境，培育了汽车、工作器械等机械行业，而且，机械技术和产业环境世代承袭，促进了当代 AI 和机器人制造的发展。

在造物方面，名古屋的老店不可忽略。庆长十五年（1610）左右，从清州迁到名古屋，也就是“清州迁移”的商人中，衣料商伊藤次郎左卫门家（现在的松坂屋）至今名声远扬。创立于宽文五年（1665）的“盛田”，继承悠久传统，将有名的“子日游”酒酿沿袭至今。索尼的共同创始人盛田昭夫已经是第十五代传人。宽文九年（1669），冈谷总助开创“笹屋”字号，经营打制刀具店，销售产品有农具、工匠器具（钉子，锥子，小刀，斧，锯）等铁制加工品。“笹屋”现在店名改为冈谷钢机，销售钢铁商品，作为一家专业商行，推动着造物产业的发展。

濑户、常滑、美浓、多治见是有名的制窑产地，当地特有的一种优良黏土——高岭土是产业的重要支撑。Noritake、TOTO、INAX（现称 LIXIL）、日本绝缘瓷瓶、日本特殊陶业等，窑业领域的多家公司承袭了当地的传统和技术，它们不仅代表了日本的先进水平，更活跃在世界的大舞台上。

丰田汽车尤为典型地体现了自信长时代沿袭而来的造物传统。丰田公司的丰田产业技术纪念馆中，展示了棉花从抽丝、搓线，到编制为成品的全过程，生动地说明了工程自动化的原理。纤维机械类的结构都符合这一原理，这座纪念馆可谓是造物的殿堂。对于过去的孩子来说，丰田佐吉翁的发明故事是一部必读书，现在的孩子又是什么情况呢？我们拭目以待。

（真木郁夫）

爱知县的看点　产业观光的宝库

JR东海的总部位于名古屋，其第一任会长须田宽先生是“产业观光”的提倡者。产业观光的目的在于，让更多人了解名古屋的造物精神。因造物业而繁荣至今的爱知县可谓是产业观光的宝库，“爱知产业观光指南”中介绍了29处游览点，另外，据我所知，还有十多处适合产业观光的好去处。比如，位于名古屋市西区正村大楼三层的正村竹市资料馆是弹子机爱好者向往的圣地。如果有读者狂热地喜欢大三元盛开的郁金香，那么这里一定会让您倍感亲切，甚至感动。

位于河和线“住吉町站”的半田红砖建筑的前身是梦幻般的“兜”啤酒的制造工厂，其古朴的设计出自横滨红砖仓库和日本桥的设计者，明治时期建筑界的巨匠妻木赖黄之手。明治时期，美国建筑师Frank Lloyd Wright作为御雇外国人设计了帝国饭店，与此同时，英国建筑师Josiah Conder也来到了日本。妻木赖黄师从Conder学习建筑学。后来，帝国酒店中央的玄关被移建到了犬山明智村，而同时代的半田红砖建筑仍然保持着原貌。虽然不能品尝到和英国进口啤酒味道相似的“兜”啤酒，却可以观赏同样氛围的建筑，一饱眼福。

半田所在的知多半岛自古以来酿造业兴盛，如今已经成为老字号的生产厂家们正在努力宣传自家生产制造的精髓。Mizkan博物馆、八丁味噌馆、九重米酒时代馆、盛田味馆、酿造“传承馆”、国盛酒文化馆、网眼纪念馆，大家都在践行着“温故知新”这一理念。

除了酿造业，在窑业领域，以当地为中心掀起的一场世界规模的材料革命——陶瓷热也值得一提。陶瓷热方兴未艾之际，就连与陶瓷没有关联的布里奇斯顿，也为我从事橡胶技术产业时参与的企划案投资以此进军陶瓷市场。这场曾经波及其他领域技术人员和其他行业的材料革命，现在仍然是支撑日本先进技术的一部分，其中的经过详细记录在热田区 Japan Fine Ceramics Center（JFCC）。Fine Ceramics Center 在陶瓷热潮最盛的 1985 年设立，从旧时代窑业遗址到最先进的技术都有介绍。

这场材料革命之所以会起源于爱知县，是因为爱知县自古以来窑业发展繁荣。除了濑户烧、常滑烧，还有周边的美浓烧（岐阜县）、万古烧（三重县）等。另外，武之森等地方陶瓷生产厂家对尖端技术的积极引入也是原因之一。

接下来介绍的是名古屋车站附近的“武之森”。在为数众多的产业观光点中，“武之森”独具一格。它是一座集烧制品和陶瓷于一体的综合博物馆，没有像一般的博物馆那样展示过去的遗产，而是通过放映录像的方式，从最先进技术到武之森瓷器，立体介绍品牌瓷器的变迁历史。手工艺品中心内可以参观骨灰瓷制作过程并亲手绘图，有时中心还会举办限时展销会和寻宝市场。这时候就要看紧自己的钱袋了，稍微放松警惕，就很容易花钱大手大脚，要等到降到理想价位后再出手。

从“武之森”出发，几分钟后就来到了丰田产业技术纪念馆，这里是旧丰田纺织股份有限公司总部工厂的旧址。在这儿不仅可以浏览纺织工程的全貌，还可以享受技术乐园的乐趣。如果在名古屋站时间充足，参观“武之森”或丰田产业技术馆是不错的选择。如果有两个小时的闲暇，推荐首选“武之森”散步之旅。在这里，可以忘却日常的忙碌，在幽静的森林画廊中享受绘画和美丽的骨灰瓷所带来的视觉盛宴。

对于关注造物的人来说，坐拥多处产业观光资源的名古屋市是必看的知识型观光地。

（仓地育夫）

美浓地区　夏天必去的“水之国”

美浓地区的夏季旅行开始于和柿田川、四万十川并称为“日本三大清流”的长良川。长良川发源于郡上市的大日岳，以日向的高原为分水岭一分为二，向南的支流称为长良川，注入伊势湾。长良川还被列为木曾三川之一。

长良川以饲养鱼鹰闻名。这里的鱼鹰饲养最早记录在古老奈良时代的文书上，在各个历史阶段掌权者的支持下延续至今。平安时代醍醐天皇鼓励饲养，织田信长保护鱼鹰饲养员的地位，德川家康曾专门派人把香鱼寿司送到江户。松尾芭蕉曾咏道，“おもしろうて　やがて悲しき　鵜舟かな”。诗人感觉鸬鹚捕鱼的样子很有意思，然而同时又担忧杀生之人的来世，两种复杂的心情交织在一起。每年5月11日到10月15日，宫内厅式部的鱼鹰饲养员每天在长良川饲养鱼鹰，这在日本是独一份。有名的喜剧演员卓别林曾两度到访该地，并高度赞扬了鱼鹰饲养员的艺术性。鱼鹰饲养在其延续的1300年间，以饲养员的装束和旺盛燃烧的渔火，带人们领略幽玄的世界，这一切如同一幅古画。

登上岐阜城俯瞰长良川，美浓平原一带的景致尽收眼底。走进这座城的历史，织田信长梦想天下布武的光景仿佛就在眼前。永禄十年（1566 年），周王朝的文王在岐山平定天下，信长便将这座城命名为岐阜城。我生在岐阜，长在岐阜，对于岐阜县的县名由信长亲自命名这点，我感到十分骄傲。

永禄十二年（1568 年），传教士 Luis Frois 到访岐阜城。他攀登过的始于七曲口的登山道长 2000 米，途中大约花费 1 小时。当时，华丽的岐阜城四层建筑采用南蛮样式，建筑样式尚属珍奇，城中名为天主的御殿中建在千畳敷。2015 年，“信长的待客之道”被列入日本遗产，从中还可以看到信长的待客方式和鱼鹰饲养的雅致。到 2017 年，距离信长进驻岐阜城，已经过了 450 年的岁月。

“乐市乐座”是信长针对平民街采取的政策，“乐”指自由市场经济，也许信长当时想把这项制度从美浓推广到日本全国。斋藤道三说“得美浓者得天下”。以美浓为背景展开的“窃国故事”在 1973 年被拍成 NHK 的大河剧，获得了一致好评，此后美浓多次出现在之后的大河剧中。可以说，美浓这片土地孕育了日本这个国家的雏形。

夏季之旅的下一站是位于长良川上游的郡上八幡。郡上市大致位于日本中央，是“日本的肚脐”。郡上市历史悠久，市民宪章中写道：“尊重自然，亲近自然，保护江河大川。”郡上市首先是一座水城，长良川，拥有和良川、石辙白川等24条一级河流，城中水资源丰富，河水沿着古老的河道缓缓流淌。

小駄良川的岸边有泉水汩汩涌出，夏季冰凉，冬季温热，在冬季泉水被当地人当作珍贵的生活用水。文明年间（1471年左右），有名的连歌宗匠饭尾宗祇曾使用过这里的泉水，所以泉水又称“宗祇水”。另外，泉水还在名水前100排行榜中名列榜首。当地的水路和水槽等设施得到人们的精心维护，从中可见当地人对“水”和“河川”的重视。

郡上八幡的郡上舞同样独具魅力。舞蹈表演7月开始，9月结束，其间共举办32场，这在日本舞蹈中时间最长。在4天通宵不停的舞蹈中，不知不觉，时已至秋。

（广濑义隆）

冬季必去　飞驒温暖之旅

冬天的飞驒积雪成堆、寒气深入骨髓，然而，寒冬也别有一番情趣。飞驒的冬日物语始于拥有一千多年历史的下吕温泉。早在遥远的室町时代，下吕温泉就已位列日本三大名泉之一，江户时代，林罗山的有马温泉、草津温泉和下吕温泉并称为“日本三大名泉”，下吕温泉的知名度相应提升。下吕温泉是深受好评的美人温泉，能够让皮肤光滑柔润。在银装素裹的冬季泡露天温泉，仰望清澈夜空中闪闪发亮的繁星，热气蒸腾，遥远山峰的轮廓逐渐模糊，让人如同置身于水墨画中。

冬日的夜晚，有时可以看到烟花绽放。温泉、雪景、烟花构成冬天的奇妙组合，和夏天的烟花相比，此时的烟花又别有情致。身心变暖之后，当然就轮到品尝当地有名的B级美食“烤鸡肉”了。“烤鸡肉”是当地的特色料理，改良自以北海道羊肉为食材的一道美食“成吉思汗烤羊肉”，将“成吉思汗烤羊肉”中膻味重的羊肉换成鸡肉和蔬菜，淋上调料翻炒后就是一道“烤鸡肉”。

如果对天文学和古代遗址感兴趣，可以来金山巨石群“岩屋岩阴遗址”。据说巨石群的历史可以追溯到绳文时代，其中有几座十多米高的巨大岩石，有说法称巨石是出于某种目的而放置于此的，其中观日测历是比较有说服力的观点，因为通过观察不同的阳光照射情况可以记录春分、秋分、夏至和闰年。据说英国的巨石阵具有相同的功能，虽然分处东西方，古人的智慧却有相通之处，想来也很神奇。现在，巨石遗址被人们视作能发出巨大能量的“神地”，受到青睐。

养精蓄锐之后，笔者从下吕乘坐 JR 高山本线特快线一路向北，45 分钟后到达 50 千米之外的高山。当然，也可以在中途各站下车，不过除了早上的一班，只有三班列车，需要注意把握时间。在车内眺望右手边中央阿尔卑斯被积雪覆盖的成群高山，品味飞驒的自然之美，十分惬意。飞驒国木材丰富，地下埋藏着大量金矿、银矿等资源，江户时期这里曾是江户幕府的直辖地——天领。高山曾作为统治飞驒地方的中心地而盛极一时。

江户幕府开创之前的永正元年（1504），当时的高山城主已经在高山建造了下屋敷。高山成为直辖领地后，更名为“高山阵屋”，成为飞驒政治的中心。如今，幕府在全国设置的 60 处郡代和代官所中，只有高山阵屋仍然保持原样。在日本的屋脊——海拔 3000 米的日本阿尔卑斯飞驒山脉脚下，清澈而丰富的水源孕育了高山世代传承的酒文化。冬天，正值新酒出炉，去酒窖转一转，不仅能尝到新酒，还能品味到成熟的老酒。当地的早市自江户时代中期起延续至今，逛酒窖是逛早市的一大乐趣，特别是当地的特产种藏红。种藏红由红蔓菁腌制而成，融合了发酵乳酸菌的酸味和蔓菁的微甜，味道独特。

从高山可以进入白川乡。2016 年，距白川乡被列入世界遗产名录刚好 20 年。白川乡的一绝在于冬，这里雪中“人”字形房屋所形成的意境和无雪时完全不同。冬天，积雪和一楼屋顶同深，在层层厚雪中走向观望台，仿佛进入了一个梦幻的世界。特别是冬天打上灯光后，如同进入了童话世界。打灯的时间有所限制，2017 年只有 1 月 22 日、23 日、29 日、30 日以及 2 月 5 日、6 日几天。

在皑皑白雪的宁静世界中，走进当地人家，品上一杯甜酒，冬日的寒气顿时消散，心中涌起一股暖意。飞驒地区冬日之旅的魅力就在于这丝回味悠长的暖意。

（广濑义隆）

中部圈度假村基地　诞生背后的故事

提到三重县，最有名的当属曾经在2016年G7伊势志摩峰会时名声大噪的伊势神宫，本文却聚焦于中部圈最大的度假村长岛度假村。它足以与东边的“东京迪士尼乐园”、西边的“大阪环球影城”相匹敌，如今正以其强大的魅力吸引着无数游客前往。本篇介绍的是它诞生背后的故事。

1963年，富山天然气公司总经理大谷伊佐4年间挖掘天然气无果，却在施工过程中偶然发现了温泉。头疼不已的他最后决定和后乐园董事（之后的第一任总经理）服部知祥联手，以长岛温泉为中心，建设一个大型疗养地。挖掘到自然喷出的温度达64℃的温泉后不久，服部马上就着手呼吁中部地区财界人士提供资金支持，然而收效甚微。这是因为，1964年伊势湾遭受台风袭击，台风过后当地全部被淹没，无比萧条。财界人士见此情形，慎重行事也是正常。

一筹莫展的服部决定在东京寻找合作伙伴。他借助一桥大学的校友人脉，向日本 VICTOR 社长百濑结、日本兴业银行行长中山素平、安田生命社长村吉右卫门、三井房地产社长江户英雄、富士银行行长岩佐凯实、后乐园社长真锅八千代求助之后，得到了东京方面的支持。接下来，为了赢得当地财界的支持，服部请求松阪屋会长佐佐部晚穗提供支援，结果事情出现了突破性进展。中部电力、东邦瓦斯、名古屋铁道、近畿日本铁道、三重交通等中部主要企业都决定出力帮忙。

1968 年，在东京和中部各路力量的支持下，服部筹集到 3 亿日元资金，1968 年，“长岛观光开发株式会社”成立。翌年 12 月，“长岛温泉”就以令人难以置信的速度盛大开业了。

长岛温泉成立之初，和东京近郊的“船桥健康中心”一样，只是以老年人为服务对象的温泉娱乐设施。服部之后的三任社长，相继进行业务调整，致力于扩大业务覆盖范围，尤其是现在的第四任总经理（现任会长）大谷僖美治不负所望，有效推动了长岛休闲度假村业务的多样化。

下面列出度假村的主要设施。1966 年，长岛游乐园开业，并推出多个人气项目。1978 年，伊势湾大型海水游泳池开业。1988 年，高级酒店花水木酒店盛大开业。1994 年，世界最大规模的木制过山车“白色旋风”竣工，其使用的洋松累计长度达 1715 米，飞车从 45.5 米的高空快速滑下，最快速度可达 102 千米 / 小时，投入使用以来人气爆棚，有时甚至要排队等好几个小时。1998 年，“食和绿”主题公园“名花之里”开业。“名花之里”致力于打造一座统一理念的小型村庄，21 万平方米的园中，囊括了世界各国的花卉、特色啤酒和美食。

长岛度假村的特色在于，没有迪士尼乐园和大阪环球影城那样的经营范围限制，收录世界各地的特色为己所用。践行这一经营理念，需要不惜余力地探求世界各地的闪光点，付出诸多不为人知的努力。

长岛度假村地理位置优越，从名古屋的桑名开车需要 30 分钟，从中部国际机场出发需要 45 分钟。除了高级酒店“花水木”外，这里还集结了各式酒店、游乐园和游泳池，是家庭出游的绝佳场所。

员辩町有一处高尔夫球场“Nagasima Country Club”，是一个供孩子们玩耍、老年人打高尔夫球的好去处。

（小林恒夫）

越中五个山和砺波的散居村落

丰富而洁净的“水”是日本文化的根基。游历过世界遗产越中五个山地区的“合掌造”村落和砺波平原散居村后，大家定能感受到水对于日本文化的浸润。

庄川源自飞驒山地，全长 115 千米，流经白川乡、五个山、庄川峡，北上砺波平原，注入富山湾。庄川水源丰富、河水清澈，滋养了两岸的山村和田园景观，在漫长的历史中铸就了当地的水土环境。富山湾处寒暖流交汇，寒暖流鱼类共栖，形成了天然渔场。

越中五个山地区是一处屈指可数的大雪地带，位于从庄川河口回溯 45 千米的位置。河岸台地上分布着“人”字形屋顶民居聚集而成的相仓村落（20 栋），菅沼村落（9 栋），土藏、板仓等附属建筑也存留至今。其中多数为江户时代末期到明治时代的建筑，年月老的甚至可以追溯到 17 世纪。村落四周生长着茂密的橡胶树、粗齿栎等植物，它们构成防雪林守护一方土地。

这些村落的土地利用形式、配置等基础部分古今未变，游客在这里除了观赏建筑物，还能联想出当地冬季大雪封山的闭塞生活。

“合掌造”这一名称来源于60度倾斜角度的茅草屋顶，屋顶形状与合十后的双手形似。“合掌造”式建筑和周边地区被认定为重要传统建筑保护区，它在呈现浓浓文化气息的同时，作为世界遗产，也生动地记录了历史的痕迹。比较大的房屋可以承受几米厚的积雪重压，上下五层，十分宽敞，能够容纳30~40人居住。由于位处山林地区，当地拥有丰富的燃料和清爽的水资源，房屋也曾经是养蚕、和纸、硝酸钾等劳动密集型产业的生产场地。

茅草屋顶的定期更换需要相互帮助完成，这一活动称为“结”。在严峻的自然条件下生存的智慧传承至今，并使得这里跻身世界文化遗产名录。

从五个山沿庄川往下走，途中经过不为人知的大牧温泉和庄川峡，就到了位于庄川扇形地关键位置的庄川温泉乡。砺波平原散居村（图14）位于庄川和小矢部川冲击而成的扇形地——砺波平原（面积220平方千米）。在防风林的层层掩映中，约7000户住宅和水田相得益彰，呈现出独特的视觉景观。这里的扇形地原本不适宜发展水田生产，江户时期，人们修建水渠将庄川水引向平原，开发了新田。水渠两岸渐渐建起房屋，逐渐形成了后来的散居村。

房屋用地中设有名为“hobata”“hori”的小池塘，用来从水渠引水。这里虽然水源丰富，但属于扇形地地形，地下水位较低，所以河水是当地主要生活用水。河水流经沉淀槽沉淀后被引进厨房使用，排出的废水经过存水升之后返还大地。如今，当地居民尤为注重河水的净化，孩子们从小就被教育不要向河以及可用水中小便、扔垃圾。

传统的山形屋顶建筑称为“吾妻建”，用来防风的防风林称为“垣入”。零落村庄的景观是人们共享资源的具化体现，生活在这里的人们为了整备水利设施，共同利用水资源，自古以来坚持互帮互助的原则。细细品味当地山川孕育的食材和料理能够发现，当地饮食文化正是在优质水源的滋养下形成的。

水促使当地形成了自己独特的建筑风格、风景和景观，使山川、森林、河流、大海成为一个连贯的系统，综合创造出自然、社会和制度资本。在这个水的社会中能够实际体会到水的巨大作用。丰盈而纯净的水，打造了日本独具特色的文化。

国际政治学者 S.P. 亨廷顿曾说：“在高度发达的文明中，只有日本文明是雪的文明。”经过这次五个山、砺波之旅后，相信大家会对这个观点产生切身体会。

（高木健次）

黑部溪谷　能源开发与自然和谐共存

敞篷式电车从宇奈月出发，来到终点站“榉平站”。笔者离开车站，走向瞭望台。

瞭望台是最近兴建的，电力公司施工专用的轨道车和200米高的竖井电梯升降机如今已作为旅游资源向公众开放，大家在这里可以一览峡谷全貌。狭长的山路——“水平步道”位于高高的悬崖峭壁之上，正下方是湍急的河流。行人可以在这条狭窄的山路上近距离望到白马遣岳、唐松岳、鹿岛遣岳，以及连绵不绝的后立山连峰。（图15）

黑部川发源于富山县和长野县的边界——北阿尔卑斯鹫羽岳，最终注入富山湾。流域内降雨量大，山谷陡峭，水势湍急，适合水力发电。从大正初期开始，开发计划多次被提上日程，然而地势险峻，因此受阻，迟迟没有进展。当年调查队在开辟道路时，考虑到方便人工运输材料，尽量避免道路的上下走向，基本沿着水平方向在海拔 1000 米高度的花岗岩绝壁上凿山修路，道路经过如今的下之走廊（旧日电人行道）一直通向河流上流。这条山路如今被用作输电巡视路，高级登山者登山时也会使用。

从昭和初期到“二战”后这段时期，黑部川水系的小规模水电开发一直陆陆续续在进行。黑部川第四大坝的建成，极大提高了峡谷水能（可再生能源）的利用率，同时作为一种旅游资源，大大促进了当地发展。

黑部峡谷中隐藏着多处人间秘境和名为“幻”的绝景。一般人不能进到峡谷深处，不过，如果体力好的话，可以去山中小屋和车站附近的温泉歇歇脚，感受那里的秘境氛围。

当时，从地下喷出的热水只是施工人员用来休养的温泉，现在已经发展成为宇奈月温泉，施工用的搬运设施也变身为电力矿车。如今水力发电站的建筑模仿欧洲的古城建筑，与黑部峡谷之美相得益彰，发挥了旅游资源的协同作用。

关西电力公司曾公开招募从榉平到黑四大坝专用设备路线的观光体验者，运气好中奖的话，就能亲自来体验。

穿过隧道，就到了 45 米长的大坝堤顶。在群山连绵、海拔 3000 米的北阿尔卑斯连峰深处，人们靠人力修建了大坝，建造了人工湖，大坝被人们亲切地称为“黑四大坝”。

“二战”结束后，大阪的重建远落后于东京，原因在于电力供应严重不足。1956 年，为填补巨大的电力缺口，人们着手实施了“黑部川第四发电站计划”，它能提供25万千瓦的水电，约为电力总需求的1/2。“二战”之前酝酿的几乎无法实现的大坝计划终于重见天日。这一巨大工程可谓是史上最为严苛的工程，关乎关西电力和大阪的命运。

修建大坝共花费了7年，时间异常短暂。然而修建过程中克服了险峻地形、极端天气、破碎地带、高热隧道等超乎想象的困难，至今仍然被大家传为佳话。

无论是果断决定进行设备投资（金额相当于公司注册资金5倍）的电力公司高层，还是奋战在一线、充满使命感和热情的1000万工人，大家无不攻坚克难、全情投入。1963年6月，日本最大的堤坝终于建成。

黑四大坝如今已经成为日本稀有的旅游景点，像这样，将能源开发留下的遗产价值发挥到极致的并不多见。在这里，人工大坝和自然巧妙融合，浑然一体。为保持下游流量，同时兼顾旅游景观，大坝每秒放出10吨水，放水时所呈现的水雾缭绕的神奇景象是怎样形成的呢？湖上的大船绕圈收集漂流木又是出于什么原因呢？请您一定亲自来这里探寻答案。在这里，笔者再次深切感到：要享受大自然的水源恩惠，要利用自然中的可再生资源，必须保持对自然的敬畏，不能有丝毫懈怠。

大坝容量达2亿吨，相当于东京巨蛋的160倍。湖水呈翡翠绿色，两岸悬崖峭壁陡立。在如此艰险的环境中建造出的这座大坝，不禁让人赞叹人类力量的无穷尽。黑部峡谷的清流和层层山峰自然地接纳着建造发电站过程中所遗留下的人类痕迹，大自然超强的包容性让人心生敬畏。

（松本一纪）

金泽舞　划破时空的笛鼓协奏

金泽曾经繁荣一时，现在依然流淌着江户的情调。众多传统技艺从加贺藩时代传承至今。其中特别值得一提的是金泽的艺伎。名为“东”“西”“主计町”的三条茶屋街中，被称为“木虫龙”的格子门窗十分精致。在这里，艺伎表演的传统舞蹈、笛子、鼓、太鼓的演奏出类拔萃，在日本国内数一数二。

不知不觉间，“西”茶屋街的“一调一管”慢慢传开了。“一调一管”是一种能乐的演奏形式，使用打击乐器鼓和笛子（一管）。在一年一度的金泽舞蹈中，“西”茶屋街的“美音”酒馆的老板娘、吹笛名家峰子女士（县指定非物质文化遗产传承人）和她的“天敌”——对面“名月”酒馆的老板娘、打鼓名家乃莉女士展开激烈对决，这对于“一调一管”的爱好者来说，是一场不容错过的听觉盛宴。2013年秋，笔者在金泽站前的县立音乐堂传统音乐演奏大厅参加过一回，当时二人演奏的曲目是《天马之翔》。

表演分为静、动、静三个部分。峰子女士的笛声轻轻响起，乃莉女士的鼓声幽幽地和，会场的观众席鸦雀无声。峰子女士的笛声高起，乃莉女士的鼓声随之呼应渐重，两人在暗中较量。突然，笛子发出尖锐的一声，仿佛要撕裂天穹，而鼓蓄势待发，一阵重重的连打声紧随其后，响彻云霄。这表现的是天马出现在云层中的一刹那。随后，天马脚踏祥云，自由自在地在天空飞翔。笛声起伏呜咽，鼓声怒涛涌动，两者的气势打破了会场紧张的氛围，为之所震撼的观众不禁屏住了呼吸。

双方各显其能，乐声若即若离。笛声鼓声彼此缠绕，难舍难分，慢慢由静至动，达到顶点，一切再次归于平静。“一调一管”的经典《天马之翔》始于笛声，终于鼓声，整个会场沉浸在两人打造出的宏大氛围中。演出结束，掌声雷动，天马飞翔的画面在观众的脑海中久久徘徊。

两位带来的精彩笛鼓演奏在第二年也大受好评，然而，因为峰子女士过世，再未成演。2015 年、2016 年，名伎八重治的舞蹈弥补了笛子的空缺，形成了“一调一舞”，打造了另一种华丽的舞台。然而，人们依然期待未来能再次出现彼此旗鼓相当的笛鼓演奏者，期待“一调一管”得以复活。

金泽舞蹈始于 2004 年，历史和流派截然不同的“东”“西”“主计町”三条茶屋街克服重重困难，大胆地开始了这一尝试。从第三届表演开始，原 NHK 节目制作局指导驹井邦夫逐渐成为这里的常客。驹井邦夫生于京都宫川町的茶屋，古典艺术造诣极深。

后来，大和乐代替清元成为主流，金泽舞蹈的风格出现了很大的变化。节奏加快，演出画面更加鲜明。

笔者参加的这次金泽舞蹈以茶屋街艺伎群舞的《金泽风雅》拉下帷幕。歌曲由直木奖作家村松友视创作，据透露，他在创作时尤其注重体现《金泽风雅》背后的趣味性。群舞体现了传统艺术之乡——金泽所特有的雅趣和力量。舞之妙曼，笛、鼓、太鼓之韵味，使金泽舞蹈成为当地一年一度的盛会。

江户时期，德川幕府畏惧加贺、越后、秋田的势力，对三地加强戒备。前田家为避嫌保身，在260年的岁月中推崇安逸，发展“文化”。金泽的艺术由此起源。

（寺田弘）

“御食国若狭小滨市” 鲭鱼寿司的起源地

若狭小滨市面向日本海，是日本列岛的中心。很久以前，这里不仅是进入大陆的大门，而且，在1800多年的历史中，作为“鲭鱼街道”的起点，向京城输送了大量鲭鱼寿司。除了物品的运输，这里作为多种事物的据点渊源颇深，构建了诸多基础设施，并以此沟通了人们交往，传承了文化。

2000年，村上市长提出“打造美食城市”的口号并当选。他在筹划建设美食文化馆和“美食国家论坛”的同时，制定了“若狭小滨御食国大使”制度。笔者之前在小滨市的工厂工作，与市长交往密切，现在仍然担任大使一职。2015年4月，“御食国若狭小滨市与鲭鱼街道”被认定为日本遗产。接下来就邀请大家来若狭小滨市，体味悠久的浪漫，探访日本饮食文化的根源。

首先，从JR敦贺站开始，乘坐现在已经非常罕见的单线列车小滨线。春天，道路两旁樱花盛开；秋天，列车轻摇中，芒草几近拂面，勾起一丝旅愁。

到小滨站之后，首先在小滨市的中心“御食国若狭小滨市食文化馆”落脚，乘游艇巡游“苏洞门”，穿越日本海的怒涛恶浪在几千年间雕琢的奇岩和石洞。这里还在2015年被美国CNN评为日本最美的31个地方之一。

除了饮食和观光，筷子制造是小滨市的另外一项具有代表性的产业，日本国内70%以上的筷子由这里发出，销往国内外。“筷子故乡馆WAKASA”中展示并销售的筷子多达3000种，它们是环保浪潮的产物。“my筷子”上可以刻上姓名，不失为一种馈赠佳礼。

尽早办完宾馆入住，就去海边的美人鱼台地散个步吧。如果偶遇小滨湾日落西沉，这场景一定会成为难以忘怀的记忆。“鲭鱼街道起点”和小滨街道也相距不远。

海产为御食国的晚饭增色不少。除了宫中专用的若狭鲽鱼、12月到来年3月的若狭河豚和若狭牡蛎，还有当地特有的品种若狭方头鱼（若狭湾产的日本方头鱼），配上当地或冷或温的若狭酒，让人惬意其中，夜色已深都浑然不知。

第二天起个大早，参观鱼市的拍卖市场，买上鲭鱼寿司（图16）、小鲷寿司或其他自己喜欢的便当，骑上小黄车来一次“小滨古刹八寺国宝巡游”也是极好的。

自奈良平安时代起，鲭鱼街道带动了文化交流，促进了小滨市的蓬勃发展。市内现存13处寺庙和重要的国宝。现有的如来佛像给人一种特别的亲切感，只看一眼他的慈善面庞，就有种被救赎的感觉。

在关西地区，奈良二月堂的济水仪式，这一宣告春天到来的庆典十分有名。据说，二月堂的若狭井水在地下与若狭神宫寺中的“鹈濑”水相通。每年3月2日，这里都会举行庄严的送水仪式。

“万德寺”曾入选日本红叶观赏地100所之列。书院中的枯山水庭院景致自不待言，在本堂参拜阿弥陀佛如来像后，登上石阶，在院内不经意间回头，眼下黄红交错的画面令人叫绝。

最后，顺道去鲭鱼街道的驿站街“熊川宿”一看。熊川宿保留着过去驿站街的氛围，当时居民的后代仍然生活在此。在这里怀着对先代人的记忆，体会当地的人情风俗，给这段旅程画一个句号吧。

（角忠夫）

湖东三山　穿越历史的荒流

“湖东三山”，名字十分霸气。至今为止，笔者被名字所吸引参观了很多地方，各地带来的体验各不相同。湖东三山是观赏红叶的胜地，本来应该无可挑剔，由于交通情况不尽如人意，迟迟没有前去。打开滋贺县的地图，中间的琵琶湖存在感极强，东侧是近江盆地。再往东，可见县界玲鹿山脉的山峰。群山环绕中，同属天台宗的三座寺庙呈南北向排列，分别是龙应山西明寺、松峯山金刚轮寺、释迦山百济寺。三座山位于远离城市喧嚣的地方，都是红叶的观赏胜地，在历史上都遭受过织田信长的火攻。如果寺庙经历过同样的历史的话，是不是会呈现出相同的状态呢？室町时代，湖东五山曾名噪一时，经历过应仁之乱和信长的火攻之后，江户时代只有如今的三座山得以复兴。

穿过西明寺的大门，可以直达二天门，抬头仰望，上方的红叶格外漂亮。脚下绿色的青苔中，红黄的枫叶散落其中。二天门的前方继续向上延续。按照仁明天皇的旨意，该寺建于承和元年（834），镰仓室町时期拥有17座诸堂，300位僧侣，盛极一时。继比睿山之后，遭遇信长的火攻，一大半消失殆尽。其中，镰仓时期建造的本堂和三重塔，室町时代建造的二天门幸免于难，如今本堂和三重塔被尊为日本国宝。本尊药师如来佛像非常神秘，在历代住持的在职生涯中只开放过一次，现在大家来到这里只能看着柱子旁边放置的照片联想本尊。三重塔三层的平衡和屋顶的弯曲弧度恰好相协调，拜谒的费用比进山的费用高很多。除了相机，其他随身携带的物品都要放在门前的箱子里，一概不能带进去。中央须弥壇中大日如来镇座，周围柱子和墙壁上绘有菩萨、佛具、花鸟文、龙的图案。不过，历经700年的岁月，柱子和墙壁已经褪色，露出黑漆的底子，画已经难以辨别。

金刚轮寺与西明寺相距不远，这里的石阶也长得不近人情。金刚轮寺是圣武天皇的祈祷寺，天平十三年（741），由行基菩萨开创。宽元四年（1246）三重塔建成，弘安十一年（1288）建造的本堂大悲阁被奉为国宝。本尊是行基（日本奈良时代高僧）创作的圣观音菩萨，据说行基雕刻时木像中有血流出，他便不再继续雕刻，留下了粗雕的观音像，当时被血染红的“血染枫叶”至今仍保留在大门附近的庭院。这里虽然也遭受了信长的火攻，本堂、三重塔、二天门幸免于难。从大门下，岩石和绿色构成的回游式庭园映入眼帘。这里的枫叶也许是血染枫叶，不过，在阳光的照射下，色泽发亮，闪闪发光。

三座山中还有一座百济寺。推古十四年（605），圣德太子为百济人建造了这座寺庙，当时太子亲手制作的观音是寺庙的主佛。三山虽同属天台宗，其中也有规模大的寺院，被称为湖东的小睿山。天正元年（1573），这里被信长破坏后，虽然在江户时期借助井伊家的支援重建，却远远没有恢复到传教士弗罗伊斯所描述的“地上天国，千僧之坊”的水平。这里的石阶攀登起来也是十分艰难。穿过两旁的红叶和红叶铺就的“红毯”，终于到了仁王门，仁王没有面向正面，哼哈二将相视而立。继续往上走就到了本堂。

造访过三山之后，不妨再花些工夫，游一下爱知县上流的永源寺。永源寺是室町时代初期，康安元年（1361）建造的临济宗的寺庙。爱知川沿岸的寺庙建在山川之间，鲜亮的红叶点缀其中。多数游客都会选择观赏红叶的同时造访湖东三山。当地是有名的魔芋产地，法堂附近刻有芭蕉的名句：“魔芋生鱼片，稍食味道鲜；永源寺闲赋，梅开数十点。”古枫树、颇有情致的寺庙建筑景观、永源寺，真是让人回味悠长。

（原敬治郎）

临近彦根城琵琶湖，独特风貌的城市

历史小说家司马辽太郎在其代表作《街道漫步》的开篇中描写滋贺县湖西之旅，称“无论是从地理、历史还是文化，滋贺都堪称‘日本中的日本’”。其中，彦根（图 17）以肃穆庄重的风格著称。它连接关西、中部、北陆，形成了自己独特的历史和文化。

彦根风格的形成基于国宝彦根城的存在。庆长十一年（1607），幕府集合全国大名之力建成彦根城，曾为江户幕府送出 6 位大老的谱代大名井伊家十四代长居于此。

蓝色琵琶湖映衬下的国宝天守城、重要文化遗产瞭望楼、下邸宅的庭院玄宫园、内崛、中崛等记录了当时的雄伟气魄。

彦根城的很多建筑从其他地方移建而来，比如，天守移自大津城，天秤瞭望楼移自长滨城。天守内部露出的木材栋梁由弯曲的木材巧妙组合后构成，这创造了另外一种艺术。现在，彦根城被列入世界遗产暂定名单，希望它可以早日正式成为世界遗产。

江户末期，《日美修好通商条约》签订后，幕府的一位大老——彦根藩的井伊直弼曾大力促进日本的现代化，由此备受后人尊崇。井伊直弼在茶道、花道、能乐等方面也有深入研究。他在彦根城附近的“埋木舍”度过了青春时代，勤于磨炼文采，提高武艺。他的茶道造诣颇深，“一期一会”这个词就出自于他的著作《茶汤一会集》。

彦根还是一座学都。历史悠久的滋贺大学和平成年间创立的滋贺县立大学很大程度上形成了彦根城市的存在方式。

笔者有幸在滋贺大学执教15年，深深感受到了这座与彦根城和琵琶湖相望的城市的独特风格和魅力，校园里的红叶和绿叶绽放着生机，一年四季都让人感到心情愉悦。

位于彦根校区的滋贺大学经济系的前身是1922年成立的彦根高等商业学校，学校提倡“士魂商财”，致力于培养兼备高素质与相互帮助和奉献社会精神的商业人才。这一理念结合了井伊直弼大老的“武家教养”和追求社会利益的“近江商人”（总店位于近江国，从其他国家获得利润）精神。滋贺大学的经济系现已成长为国立大学中最大的综合经济系，在对近江商人的研究以及环境、风险的研究方面成绩斐然。

经济学系讲堂建于1924年，被列为日本的国家物质文化遗产，圆形屋顶的小塔和天蓝色边框是它的一大特色。经济学系附属资料馆是日本国内最大的“近江商人”研究据点，两个地方都值得一看。

为促进对近江商人以及近江地域史的研究，资料馆保存并公开了 17 万多份历史资料，吸引了众多外国研究者前来。人们常用三个词语来形容近江商人的精神，“三方受益”（卖家受益、买家受益、社会受益），简单明了地阐述了近江商人“勤勉、正直、坚实”的态度和“阴德善事”（匿名做善事，不求回报）的实践，这在 CSR（Corporate Social Responsibility，企业的社会责任）的宣传中具有深远意义。

在资料馆中邂逅近江商人，了解近江商人的精神也别有一番乐趣。

探访独具一格的彦根城，邂逅一种肃穆、庄重之美。

（小栗诚治）

领略京城乐趣　白天的氛围和讲究的饮食

京都汇集众多神社佛堂和美丽景点，形成了自己独特的文化氛围，并在历史古韵中融入时代特色，发展成为一座富有魅力的现代城市，吸引着越来越多的国内外游客前来。

笔者生于京都，家里世代经营位于下京区室町的衣料批发老店，所以对京都市内的情况十分了解。其中，对富有京都风韵、知名寺院神社云集的东山地区尤为熟悉。对于北部的平安神宫、南部的清水寺等，也可以说是如数家珍。接下来笔者就来介绍一下这个地区的“昼之颜”（白天的景象）和“饮食”（饮食文化）。

“昼之颜”，白天推荐风光明媚的东山地区。

首先是华丽的平安神宫，强烈推荐这里的庭园。庭园很宽敞，不过只有白天才能进入。平安神宫南神苑回游式庭园的红色垂樱很出名，临济宗本山的南禅寺、净土宗总本山的知恩院、祇园的守护神八坂神社、供奉丰臣秀吉的高台寺、音羽瀑布和清水寺（它的本堂舞台很有名）等地也值得一去，景色都十分漂亮。

关于祭典，每年 7 月举行的“祇园祭”是日本三大祭之一，不容错过。八坂神社的祭典在四条河原町街的游行中达到高潮，其中展示的山矛大约有 30 座，富有特色的音乐让人感受到浓厚的夏日氛围。

要想感受京都的独特氛围，散步是首选。从五条坂到清水寺参道的周围，有很多狭窄的坡道和多级台阶，在许多店里可以慢慢品尝甜食和京都料理。其中“哲学之道”因为哲学家西田几多朗常常在此散步思考而得名。从银阁寺通往南禅寺的小路长 1.5 千米，30 分钟就能走完。还有一些道路被选入《日本的 100 条道路》，乘坐附近的观光人力车，15 分钟就可以走完附近的街道。

饮食方面推荐京都第一的米其林三星级老字号“瓢亭”。400 年前创办时，这里还是南禅寺的茶屋，玄关处还保留着当时的痕迹。它还曾出现在谷崎润一郎的作品《细雪》中。“早餐粥”很有名，是行家才懂的美味。店家从早上 8 点钟开始营业，冬天推鹌鹑粥。彻夜游玩的男人和艺妓在早上来到这家店里，让店家随便上点饭菜，于是店家就端出了现成的粥，“早餐粥”由此诞生。白天，店里提供“松花堂便当”，其中的半熟鸡蛋“瓢亭玉子”很有名。第 14 任店主高桥英一先生作为京都料理、会席料理的传承人被认定为京都非物质文化。如果要随便吃点的话，可以去尝尝祇园白川“鸟新”的鸡肉料理，很受欢迎的“玉子丼”（鸡蛋盖饭）只有中午才能品尝到。不过上午就开始排队，所以最好去早一点。

京都的晚饭也值得期待。“先斗町”的料理比较便宜。京都独有的舞伎和艺伎来往的道路两旁，艺伎的住所与和式饭店十分热闹。

如果你吃腻了京都料理，那么“芦屋”也许是个不错的选择。它是知恩院附近京都专门牛排店的始祖，高仓健等明星是这里的常客。这里的外脊肉牛排外层焦脆，内部多汁，味道鲜美。还有一些烤肉店内，京都的氛围很是浓厚。“弘”是伸到加茂川河上的凉台，在坐席上还可以享用烧烤。

（林孝男）

嵯峨野、高雄、岚山，增添古都色彩的乡土

渡月桥南端岚山的山腰上，有一座名为法轮寺的寺庙。法轮寺号称智福德山，虚岁 13 岁的孩子为了领受知识前去参拜的“十三参拜”仪式尤为出名。笔者的母亲在世时，曾在神户居住并参拜过法轮寺，我还记得当时母亲讲，参拜之后，如果没有走完渡月桥就回头，领受到的知识就会回到寺里，所以千万不要回头。1945 年，我们一家人搬到桂离宫所在的洛西、桂，和嵯峨野的接触逐渐增多。

形成京都盆地的主要山脉有东北部的比睿山和西北部的爱宕山。爱宕山的山麓中，从北数起分别是高雄山、小仓山，隔着保津峡谷的岚山和岩田山。群山的山麓中，分布着岚山、嵯峨野、清滝、日本高雄等胜地。在这附近散步，推荐从岚山开始漫步，经过内嵯峨、北嵯峨，最后去日本高雄赏红叶。内嵯峨路线经过小仓山山麓中的二尊院、落柿舍、祇王寺、化野念佛寺。北嵯峨路线略微偏东，途中经过大觉寺、大泽池，和以

秋月闻名的广泽寺。笔者在三十多岁时离开了关西地区，再度回家时，偶尔和母亲相遇的地方就是附近的嵯峨野。现在，每次出门之前，当年和母亲商量要选哪条路线，在哪吃饭的场景仿佛依然历历在目。

八世纪末，桓武天皇移居到京都盆地建都平安京之后，洛西嵯峨野附近的地方就备受天皇、皇族、朝臣、豪族和知名人物的喜爱。当地有桓武天皇之子——嵯峨天皇的行宫大觉寺（又称嵯峨院）、《平家物语》中的祇王寺、向井去来[①]的草庵落柿舍、二尊院[②]等，不胜枚举。藤原定家作为《新古今集》的编者之一广为人知，同时，他还是有名的《小仓百人一首》的编者，据说，“小仓百人一首”的命名就是因为它完成于小仓山麓中藤原定家的山庄“小仓山庄时雨亭”。

2016年6月上旬，当时已经进入梅雨期，时隔久远，我重新踏上了前往嵯峨野的旅程。在渡月桥北侧，保津川沿岸的（岚山）住下，于这片净土之乡度过了悠闲的三天。这次我去了以“三尾”著称的高尾、槙尾、梅尾中的神护寺、西明寺、高山寺。乘朋友的车，经由岚山公园大道出发。洛西首屈一指的红叶观赏胜地也因为梅雨的造访人影稀疏，这反而能让人静下

① 编者注：日本江户时代的诗人。

② 编者注：鹰寺家等名门、江户初期的富商、在保津峡谷的开凿中费尽心力的角仓了以、昭和时期的著名演员阪东妻三郎等人的墓地所在地。

心来好好欣赏。三座寺都在山腰上，石阶很多，没有体力还真的吃不消。

穿过神护寺的山门，沿大台阶向上，到达本堂（金堂）之后，笔者被金堂的气魄所震撼。空海法师在移住到高野山之前曾在这里修行，当真名不虚传。以鸟兽人物滑稽画等文化遗产著称的世界遗产高山寺也值得一看。中午走过清滝川悬挂的专用吊桥，下到河床，品尝神护寺附近红叶屋别馆的川床料理。很久以前，我曾经从高雄出发，沿着清滝川，远足到嵯峨野，回想起当时的美好，慢慢地享受久违的京都料理。按照朋友的安排，返程时去水尾之乡转了一圈，那里因柚子而闻名，晚上回到了宾馆。

如今，距平安京诞生已经过了1200年。净土之乡始终令人心驰神往。不问阶层，不论时代，人们把死后的永恒世界托付给了这个地方，那么，到底用哪些词才能描绘这片土地的魅力呢？我在这次旅行中想到的是幽寂“幽寂的世界……净土之乡嵯峨野……”虽然不知道能否刻画出这里的神韵，自己却颇为满意。

最后，介绍《小仓百人一首》中的一篇。

秋霜醉红叶，遍染小苍山。莫使凋零去，明朝待圣颜。（帧信公）

（藤田卓）

绿意盎然的服部绿地公园

提起大阪，人们就会想起以八百八桥为代表的美丽水都。与东京相比，又给人一种绿色稀少的印象。

然而，一次偶然的机会，笔者作为自然观察会的一员去了服部绿地公园，在那里笔者第一次吃惊地发现，原来大阪也有这么富有生机的绿地，同时，又感到十分自豪。所以，我写了这篇文章，希望更多的人了解这片绿地。

大阪府的形状像一个香蕉，服部绿地公园位于大阪府的北部。它和鹤见绿地、久宝寺绿地、大泉绿地统称为大阪四大绿地。服部绿地占地 126.3 公顷，相当于甲子园棒球场的 33 倍。

公园绿意盎然，里面分布着山池、漩涡池、新富池、菰池等十多个水池，不仅衬托了四季之美，还给散步者带来一丝内心的安宁。公园建有圆形花坛、梅林、棒球场、运动广场、交通工具中心、网球场、烧烤广场、都市绿化植物园、户外音乐堂、日本民居部落博物馆、田径比赛馆等，无论单人还是组团都能在这里畅快游玩。

北大阪快车和大阪地铁御堂筋线直接连接，在“绿地公园”站下车，从西口出站，眼前就是“绿道”隧道。笔者到的那天并非工作日，隧道里汇集了戴着双层眼镜的护鸟小队和带着放大镜的植物观察小队。沿着这条绿色隧道向西走 200 米，就到了服部绿地公园的东端“东中央广场（东入口）”。

沿公路南下，进入都市绿化植物园，虽然没有珍稀植物，但所有的花木上都附有名片，倒是可以认识很多植物。山茶花山上有 450 种、1300 株山茶花，四季之庭，红黄树林的风景让人心绪平静下来，享受一段美好时光。

观赏过植物园之后进入公园，从高木中间向北走，就到了圆形花坛，花坛中汇集了四季的花，花朵竞相开放争奇斗艳。边界花坛的花朵小道全长 150 米，连接圆形花坛和西中央广场（西入口），四季变换，花草把小道装点得五彩缤纷。

圆形花坛附近，枹栎林、樟树、贝冢桧、桉树、朴树等多种树木林立，按照植物学的知识一一确认叶子结构、种子结构、种子飞散路径，这样边走边看，前进 200 米就需要花费大约 1 个小时。

日本民居部落博物馆位于圆形花坛北侧，是一处为数不多的收费博物馆。这是一座罕见的户外博物馆，其中汇集了岐阜县大野郡百川村“人”字形构造民居、岩手县南部曲家、奄美大岛的高仓等日本各地代表性民居的复原建筑。

服部绿地公园中，西侧和东侧南北向流淌的天竺川、高川沿岸的松树尤为壮观，这一带是当地保留松树的名地，还被选入“丰中百景”。

现在发行的《服部绿地公园生活》小册子中介绍了服部绿地公园的各种游玩方式，比如介绍8月时写道：（1）画一画植物的画吧；（2）做水枪玩吧；（3）蝉很神奇哦，做一个振翅的蝉吧等。介绍了各种适合孩子们的玩法。

孩子们玩玩具，大人就在树荫下聊天，一家人一起来也是极好的。没有想到原来大阪中央还有这样一处绿洲，又是一个新发现呐。

（田边忠夫）

大阪狂想曲，历史上的最佳配角

提起大阪，不得不说的是它惹人爱的厚重与神秘感。如果旅游是解密的过程，那么让我们一起来揭开大阪神秘的面纱吧。

东有生驹山，西有六甲山地，上町台地正是东西两座山间所夹的象鼻状、南北走向的隆起。

从古代到中世，上町台地都是湖沼中被蒲草与芦苇覆盖的浮岛。开辟之后，这座浮岛依靠水运与濑户内海、奈良、京都相连，刻上了无数历史的烙印。时过境迁，大阪城出现在了上町台地的北部。北有淀川，南有大和川，此时大阪的地势终于定型，具备了成为要冲的条件。在大阪人爱戴的太阁殿下到来之前，大阪还未成为江户时期“天下的厨房”的时候，它就已然成了日本的交易中心，通过调拨物资来支撑中央政权。但大阪始终没能成为历史的主角。转眼间，金碧辉煌的大阪城拔地而起。在“您让我们久等了！太阁殿下来大阪号令天下了”的欢呼声还未落下之时，可恶的德川就乘虚而入，使这一切灰飞烟灭。浪速人的中央梦变成了永远的梦想，但太阁殿下为大阪人“编织了一个美丽的梦”。这种基因不正如对阪神老虎职棒队的忠实助威一样吗？这不就是让大家做了个美梦吗？始终成不了中央之地，这种挫折塑造了大阪人捧哏与逗哏、自虐与逗笑、滑稽与怜悯等多重性格。

大阪有 808 座桥，素有“水都”之称。元禄初期，堂岛川（旧称淀川）被开凿分支出了蚬川。在短暂的元禄时期里，蚬川的东端一直架着一座“蚬桥”。这座蚬桥正是近松笔下的木偶剧《天网岛情死》的舞台。在这个舞台上，纸屋治兵卫与小春相拥，二人踏上了死亡之路。蚬川的南岸是曾根崎新地，曾根崎新地是近松同时期剧作《曾根崎殉情》的舞台。如此看来，近松大师创作了不少关于殉情的作品。蚬川在明治末期被填埋，如今变成了大家所熟悉的新地大通。在古时的地图中，以大阪城为中心，从北部的堂岛川到南部的道顿堀川，整个大阪只有巴掌大小。堂岛川对面的梅田还是一片田地，道顿堀川的对岸已经有了三台浪速戏棚。再往前，直至四天王寺都是寺院街。

比照现在的地图，大阪的街道分布一点也没有变。原先道顿堀川旁的戏棚一直延伸到了现今的道顿堀百老汇。如今，北部的新参、梅田经过开发有了翻天覆地的变化；南部也毫不逊色，日本第一高楼——阿部野桥车站大楼逐渐成为人们热议的话题。然而，这座城市的骨架却经久不变。

人阪南北相距不远，却有着多样的性格，原因大多是南北两地在历史中起到的作用不同。北部通过淀川与京都和江户密切相连，如今依然是大阪的要地。北部踏着船商的后尘，成了企业之街，是大阪堂堂正正的玄关。另一方面，南部的难波、阿倍野则是通向奈良、和歌山的地方玄关。南部的难波宫、仁德陵、四天王寺也是通往时空隧道的历史观望口。位于上町台地东部平原上的河内，由百济来的技工开拓而成，直至今日，河内地区的人依然靠制作小商品为生。有趣的是中世到近世年间，河内各地出现了环壕村落群，这一村落群由呼吁自卫与治外法权、被称为“恶党”的反权利群体组建。其中最具代表性的村落就是“堺”。平野与富田林依旧保持着当时的风景。大阪真是一座残留着浓重历史记忆的城市。

大阪还有一处玄关，那就是生野与鹤桥。生野也是古时从百济来的土木技工的聚集地，因太阁殿下的陶艺嗜好而集结此地的陶工后来被同化成了日本人。因缘际会，明治时期日籍朝鲜人在此建造了朝鲜村。烤肉的熏香，使这个充满朝鲜气息的村落敞开了大门。

最后是阿倍野的“新世界”。如今“新世界”已不复存在，那种乱糟糟的感觉是多么令人怀念。为了祈求财运，拜一拜坐在通天阁里的尖头福神，挠一挠福神的脚心，大摇大摆地走向横丁。到“伊势胜”大口吃油炸串，豪饮啤酒，美味不胜收。再往前行，是旧时的烟花巷“飞田”……长夜降下帷幕，我该收笔了。

（七字祐介）

从悲惨走向灿烂！从创伤走向创造！

神户市是位于六甲山系南侧斜面上的明亮街市，青峰并立，坡道起伏，洋气十足。西式建筑、轰鸣的船笛、时尚的先驱、中华街、西式点心的发源地……总之给人印象颇佳。近来，港湾人工岛（港岛）、六甲岛（六岛）等等，这些由移山填海建成的区域也成了热门旅游地。港岛一直延伸到了神户机场。这样的情景真是把田边圣子的小说《舞蹈与空想》里“山与海的结婚典礼”表现得淋漓尽致。

关于此地为何叫作“神户”，有人说大概是因为生田神社的族人都叫作神户，也有人说是因为生田神社的社领叫作新地神户。神户的历史可以追溯到神功皇后时期。那时从一宫到八宫，全部由神功皇后支配，其中最有名的是三宫。治承四年（1180），平清盛迁都福原京，却在半年之后就回到了京都。他的野心大概是以人轮田泊（位于现今神户港的西部，曾是兵库地区的渡口）为据点，垄断日宋贸易、宋钱（铜钱）进口，并使其成为日本的流通货币吧。他的借口是用宋钱铸造当时剧增的寺院里的铜钟。从福原京的大轮田泊出发，直着向北走，不出两千米就到了如今的兵库区荒田町。在那里可以看到平清盛留下的几处“梦的痕迹”。

当年政府主导向巴西移民，首发船是“笠户丸”。1908 年 4 月 28 日，笠户丸载着 781 名从日本前往巴西的移民，从神户港出发。1928 年，“国立神户移民收容所”建成，直至 1971 年，近 30 万名日本人移民巴西，移民工程终于画上了句号。移民时代的建筑变成了现在的“海外移居与文化交流中心”。据当时的新闻描述：“身着异样洋装的移民们，在码头上排着长长的队伍，怀揣着对未来的梦想与不安，抵达了散发着咖啡香气的巴西。”当时被称作“移民坡”的好像是鲤川筋，在石川达三的《苍虻》（第一届芥川奖获奖作品）一书中有详细介绍。

进入航空时代前，也就是与外国的交流还依靠船舶的时候，并不是神户的黄金时期。在笔者正要成为国民学校一年级学生的时候，1945 年 3 月 17 日，70 架 B29 空袭神户。大火将我们赶出家门，幼小的笔者一边攥着妈妈的手逃向大山，一边不断地向她发问：“谁来救火呢？”妹尾河童的《少年 H》中的空袭正发生在此时。同年 6 月 5 日，300 架 B29 袭击了神户东部。野坂昭如的《萤火虫之墓》再现了那时的惨状。据说神户市是所有遭受空袭的大城市中受灾面积最大、伤亡人口最多的城市。神户的沿海有三菱重工、川崎造船、神户制钢等重工业工厂，是美军绝不会放过的攻击目标。

神户在战后的70年中焕然一新，变成了时尚、尖端产业和研究开发的城市，由重工业生产转向发展轻工业。田边圣子的《舞蹈与空想》描绘的是职业女性的日常生活，故事原型应该就是神户的商界文化。在古代，三宫的“中心街”是严禁时尚的场所，但如今中心街被转移到了“旧居留地”（神户大丸与神户市政府间靠海的一侧），名品店鳞次栉比。“港岛”则聚集了医疗产业、各种研究开发企业或部门。

神户经历过几次大灾难。如1928年的洪灾（死者超过500人），1942年、1961年又接连遭遇洪水的袭击，1995年则是受到阪神、淡路大地震的毁灭性打击。“治山治水乃政治要务”，没有哪座城市比神户更能体会这句话的含义。

神户一家饭馆的老板娘说：“真羡慕京都。没有战争，没有灾害，也没有洪水！我们全都受了一遍，破产之后又重新站起来！”

这到底是在自豪还是在嫉妒呢……

这种活力、宽厚与阳光大概就是神户市民的气质吧。

从悲惨走向灿烂！从破坏走向创造！

（水野胜）

著名建筑师赖特的足迹

弗兰克·劳埃德·赖特在芝加哥西郊的橡树公园和威斯康星州辽阔的自然环境中建立了工作室。他不拘泥于传统，创建了新式建筑风格——Prairie Style（草原风格），确立了住宅作家的地位。

赖特的建筑作品把乍一看毫无关联的美国中西部与芦屋市、西宫市联系在了一起。对世界各地的建筑感兴趣的赖特，深受日本美术、建筑、庭园的影响。他的建筑作品融合了自己在日本的所见所闻与欧美流行的日本风格。

日本人热爱自然、提倡共生的自然观给予了赖特莫大的灵感。他的设计原型是浮世绘。浮世绘运用简单的线条描绘美丽的二维世界，省略冗余之处。日本住房有着宽阔的自由空间和灵活的空间构造。赖特作为一名多产的住宅作家，为日本设计了帝国饭店、自由学园明日馆和旧林爱作邸。笔者探访了弗兰克·劳埃德·赖特所设计的国家级重要文化遗产——淀钢迎宾馆和他的得意门生远藤新所设计的旧甲子园酒店。

位于神户市滩区的酒坊主山邑太左卫门的别邸淀钢迎宾馆于1918年建成。大正时期之后，淀钢迎宾馆被认定为国家重要文化遗产。这是钢筋混凝土建筑物首次被列入国家重要文化遗产。从阪急电车的芦屋川站出发沿河北上，一栋巧妙运用了六甲山系斜面的建筑物便悄然出现在赖特坡繁茂的树木之中。赖特配合建筑用地，绝妙地进行了房屋布置。沿河的陡峭斜面上是顺势的四层台阶；细长的门廊通向内部的停车廊和玄关；大花盆上、停车廊的地砖上、墙壁上满是雕刻着玛雅、印加风格的几何样式的大谷石。

会客室中有一处宽敞的开口，可以观赏玄关前的树木，沐浴温暖的阳光；和式长廊下可以饱览四季不同的自然景观；站在屋顶宽阔的阳台上远眺大阪湾，身后则是六甲山系的山麓。这种巧妙的设计传递着赖特创作的热忱之心。

旧甲子园酒店是现今的武库川女子大学甲子园会馆。这栋建筑物继承了赖特的匠心，素有“东边的帝国，西边的甲子园”之称，是日本第一家郊外疗养酒店。搭乘东海道线，在甲子园站下车，路过一片幽静的住宅区，旧甲子园酒店的威容便惊现在了眼前。武库川流经的东侧一带，在大正九年（1920）之后经过河道整修扩大了绿地面积，建造了甲子园棒球场、网球场、泳池和鸣尾高尔夫球场等设施，变成了一大休闲疗养胜地。如果能穿越到过去的话，我们仿佛可以看到帝国饭店的经理林爱作满意地准许这栋理想中的高级疗养酒店开业的情景。

旧甲子园酒店是以平等院凤凰堂为灵感的赖特式的建筑。玄关和门厅位于中央，左右两侧是饭店和宴会场，客房分布在每层的两侧。战前，旧甲子园酒店曾是皇族、财政界名流的社交场所，但随后在战争中被征收，结束了短暂的酒店生涯。市松格子图案的全吊顶天花板和模仿散场小锤制成的装饰品散发着日本建筑、日本美术的魅力。赖特喜爱的装饰派艺术的照明灯具和艺术玻璃制品随处可见。外壁褐色的瓷砖与浮雕赤陶使酒店中的庭园融入了周围的自然之中，让人置身其中，饱览四季之美。

赖特刚来日本工作时，正处于事业上的低迷期。他从贷款、残杀情妇的丑闻中脱身，踏上日本的国土，这是对他心灵的救赎。住宅作家赖特被聘为酒店建筑大师是一件不可思议的事，但正是这个契机，让他把赖特式建筑留在了日本。

国际文化住宅城市芦屋和代表阪神间现代文化的一大休闲区西宫地区，构成了20世纪20年代末大阪市的郊外文化圈，当时大阪正处于全盛时期，人口在日本第一。希望读者们能在这个历史背景下，感受赖特式建筑的魅力及其与日本奇妙的联系。

（寺崎直通）

充满古典浪漫气息的飞鸟和山边道

有没有一种文明利器能够拯救日渐混乱的现代社会呢？以日本人来讲，我们可以在探究根源的同时，试着将自己从日常生活中抽身出来。笔者就知道一处适合慢慢思考的地方。

充满古典浪漫气息的大和之国——飞鸟，就是现今的奈良县高市郡明日香村。飞鸟三面环山（大和高原、金刚－生驹山地、吉野山－大峰山脉），位于奈良盆地的南部，夏热冬寒。伴随四季更替，树木、山川营造出自然美景，此外当地还有日本最古老的街道、神社和寺院，是感受日本建国气息、饱览名胜的佳地。

去飞鸟需要坐近铁吉野线，在飞鸟站下车；或者坐近铁大阪线，在樱井站下车。笔者出生于樱井站旁，在飞鸟的芳香中生活了 22 年，直到大学毕业。还记得儿时，每年郊游都会去飞鸟。笔者从 10 岁以后便开始厌倦农村，憧憬大城市的生活。但现在却认为农村是令人心情舒畅、安稳的不可替代的绝妙之地。

飞鸟的普通观光路线在书店的很多旅游手册中都有介绍，这篇文章介绍的是笔者个人所喜欢的地方。

从京都坐近铁特急一路向南，大约一个小时就到了栎原神宫站。除了正月和建国纪念日，车站附近几乎看不到人烟和车辆。这里寂静、神圣，甚至可以令人感受到附近的栎原神宫散发出的庄严气息，笔者十分喜欢这个地方。在《日本书纪》中，栎原是日本的建国之地。两千六百多年前，神武天皇在此地建造了栎原宫，以初代天皇之名登上了王位。神武天皇陵（御陵）被建造于深林之中，因为毗邻神宫，一般人不敢轻易靠近。大和三山中的苗傍山的山脚正是日本历史与文化的发源地。

拜访过神宫与御陵后，从巡游飞鸟的起点——飞鸟站出发，悠然漫步 10 千米，就能感受到明日香村独到的风情，欣赏到近山的风景。接着继续游览高松冢古坟及其壁画馆、橘寺、石舞台和飞鸟寺，最后登上甘栎的小丘。这座海拔 140 米、微微凸起的小丘是“飞鸟历史公园”的一角。登上小丘的展望台，明日香村、藤原京迹与大和三山尽收眼底，使人久久沉浸在万叶飞鸟时代中不能自拔。

飞鸟的东北部不远处，平铺着日本最古老的道路“山边道”。山边道开辟于古坟时代[①]，是横断奈良盆地的三条南北走向的古

① 编者注：日本的“古坟时代”是考古学上继飞鸟时代、弥生时代之后的又一个历史时期，距今 1700—1300 年。

道中的一条。山边道从三轮山的山脚一直延伸到了奈良春日山的山脚，全长35千米，比“上道”还要长，而且是日本最古老的道路。

沿路散布着古刹、古寺与数块万叶歌碑，保留了日本的原始风韵。从最近的樱井站乘公交车，10至15分钟后就到了三轮明神。三轮明神没有本殿，以身后的三轮山作为御神体山，是日本独特的、最古老的神社，正式的名称为“大神神社”。大神神社从左手起，自然地依附在了山边道上。从天理北上的线路叫南线，天理至奈良的线路叫北线。南线有众多观光景点。

经过三轮山麓沿途的桧原神社与相扑神社，从JR樱井线的卷向站折返，到达箸墓古坟的线路大约要登山3小时。这条道路残留着古时的光景，有苔藓丛生的石佛像，有柿子林，也有潺潺流水。桧原神社是大神神社的摄社，所以也没有本殿。但神社中的三座鸟居合并成了一座，组成了稀有的“三鸟居”。往神社的正西方向、鸟居的正前方望去，能远远地看到二上山美得令人窒息的魔幻风景。相扑神社是相扑的发源地。在返回三轮地区的路上，国道196号线旁有一座最古老的前方后圆坟墓。这座坟墓是被人们称为卑弥呼之墓的箸墓古坟。它是历史上最古老的、三世纪中叶的前方后圆坟，也是周围众多古坟群中最具代表性的一座。

此地区也是三轮素面的产地与日本酒的发源地。1660年以来，当地供奉大神神社的酒从未间断过，至今依然在酿酒。站在这么历史悠久的酒窖中，疲劳感定会飞散到九霄云外。

（角谷充弘）

古都奈良的古寺和小径

奈良时代初期的贵族、歌人小野老在《万叶集》中咏道“美丽的奈良……”，这句诗表达了他远赴福冈太宰府就职时对都城奈良的思念之情。只有离开家乡后才知道家乡的好，笔者十分能理解这种心情。

从京都坐近铁特急，三五分钟就到了西京站，西京站是离药师寺和唐招提寺最近的车站。二者都作为“古都奈良的文化遗产”被列入了世界遗产名录。小站的周边景象从古至今都未曾改变过，除了休学旅行的队伍之外，几乎感受不到人气。这种气氛令人有些不知所措。从检票口出来有一间类似于观光咨询处的小房子。屋里没有常驻的工作人员，运气不好就会赶上它正关着门。

药师寺在离车站不远的地方。白鸟时代神武天皇下令在飞鸟藤原京建造药师寺，860 年建成。后来天皇迁都平城京，药师寺也在养老二年（718）被转移到了现在的地方。药师寺的独到之处在于寺内被称作药师寺伽蓝的两座三重塔——东塔与西塔。金堂中的三尊药师像十分壮观。东塔自建造之日起一直保存至今，目前正在修缮中，要到 2020 年春天才能欣赏到它的全貌。

背对药师寺，沿着与近铁线平行的向北的小路漫步 10 分钟，就到了唐招提寺。唐招提寺由奈良时代的鉴真和尚修建。笔者一进南大门，就为金堂兼具了厚重与朴素的凛然威容所折服。它壮丽得叫人目不转睛，庄严大气。正面并排而立的八根粗壮的圆柱，也是一道宏伟的风景线。

再来到斑鸠，首先是法起寺。法起寺中有日本最古老的三重塔，据说于庆云三年（706）建成。驱车 10 分钟左右，就到了法隆寺。与圣德太子素有渊源的法隆寺建于 607 年，由以金堂、五重塔为中心的西院伽蓝和有梦殿的东院伽蓝组成。

西院伽蓝是世界上现存最古老的木结构建筑群。法隆寺中的 47 栋建筑物与法起寺的三重塔作为“法隆寺地区的佛教建筑”，共同申报成了世界遗产，这也是日本第一处世界遗产。

从法隆寺站乘坐 JR，13 分钟就到了奈良的玄关口奈良站。首先来到兴福寺。兴福寺以释迦如来为本尊，于 669 年建成，是藤原氏的氏社。其中的五重塔和木造弥勒菩萨像是必观赏的景点。不远处的国立博物馆于明治二十七年（1894）竣工，是一座历史悠久的博物馆。馆内藏有《日本书纪》、国宝药师如来像、阿弥陀如来像、十一面观音立像等国宝，每年都会举行正仓院展。

接着再前往东大寺。东大寺占地面积宏大，有许多可观赏的景点，本文精选几处进行讲解。首先从正门南大门向大佛殿走去。南大门自平安时代建成以来曾经倒塌过一次，现在的门是镰仓时代再次翻建而成的。南大门高 25 米，是日本最大的山门。大佛殿在建成后经历过两次大火，现在的大佛殿是江户时代翻建的世界上最大的木造建筑。寺院的北侧是正仓院。从大佛殿沿水渠旁向北的小径走去，就到了早春风物诗中举行“汲水仪式”的地方。现存的二月堂是宽文九年（1669）建成的，里面有大小两尊十一面观音。从回廊下仰视东大寺中的建筑，真是独特而美丽，令人印象深刻。

从三笠山的山脚处向南，便可通向藤原氏的氏神春日大社。大社创建于神护景云二年（768），社中朱殿白壁，灯彩三千，熠熠生辉。大社的一侧，有一条人迹罕至的“私语小径”。沿小径走去，便置身在了葱郁的森林之中。沐浴着树叶间洒下的阳光，寂静得只能听到自己的脚步声。途中经过志贺直哉的旧居“高畑沙龙”，再走大约 30 分钟，就到了“下界”，也就是进入了奈良町。

奈良町是指以元兴寺的旧境内为中心的地区。奈良町从江户末期到明治时期的町家景象，在今日营造着一种祥和的风韵。元兴寺是日本最古老的寺院，由曾我马子在飞鸟建造，其前身是迁都平城京前的法兴寺（飞鸟寺）。元兴寺附近还有“奈良町格子之家”，在此可以感受到往昔的生活场景。

兴福寺、东大寺、春日大社、元兴寺都作为“古都奈良的文化遗产”被列入到世界遗产名录之中。

（角谷充弘）

踏上世界闻名的朝圣路——熊野古道

谈起世界著名的朝圣之路，西方有通向西班牙西部的圣地亚哥·德·孔波斯特拉的圣地亚哥朝圣路，东方有日本的熊野古道。两条路都走过一定距离的人会获得共同朝圣笔记本和名誉巡礼纪念章，日本已经有一百多人获得了这个荣誉。因此，在造访熊野的外国游客中，西班牙人稳居第二位。以伊势神宫为起点的伊势路和高野山南下的道路（小边路），都通向熊野三山。古道徒步依据每日行进的公里数和所耗费天数的多少而不同。为了能感受到熊野的全景之美，这次我选择了一条两天一宿的、从纪伊田边出发的中边路路线。

从奈良时代起，熊野一直是僧侣进行山林修行的地方。从11世纪下半叶开始，在110多年的白河·鸟羽执政期间内，熊野参拜便开始流行起来。根据史料记载，后白河上皇每年都会去熊野参拜，一共去过三四次；后鸟羽上皇每10个月去参拜一次，共去过28次。从那时起，地方武士也开始去熊野参拜。民间参拜活动兴盛，甚至于产生了俗语“蚁之熊野参拜”来形容当时的盛况。

从古至今，人们为何不惜耗费数日来攀爬险峻的熊野山路呢？原因之一是因为熊野山势凶险，攀爬所需的距离远、时间长，在跋山涉水中可以脱离现世的苦难，进入大彻大悟的世界。此处与苦行僧的道理相通。另一个原因是平安时代起流行的净土教。净土教使人们追求现世的利益，连生老病死这四苦，也想通过熊野参拜菩萨显灵来消灾。

人们现在去熊野古道朝圣，大多使用汽车作为交通工具，效率大大提高。但同时我们也可以感受古人们虔诚的信仰。首先，从纪伊田边驾车或乘坐公交车来到熊野本宫大社。为了不走回头路，可以把车停在本宫大社，从本宫乘坐公交车去发心门王子，再沿着发心门的古道走回来。王子是为了连接熊野朝圣古道而建造的熊野神的分社。发心门王子是五个排场最大的王子中的一位，有“下决心皈依佛门的入口（门）”之意。真不愧是神佛结合的历史见证。古道全长约 7 千米，需徒步三小时。古道中有石阶、茶田和村落，是一条富有情趣的路线。有村民带领的话，还能了解古道的历史、自然和周边居民的生活，为旅途增添乐趣，但这需要额外付费。

参拜过熊野本宫后，夜宿不远处大塔川旁的川汤温泉，川汤温泉挖掘于河滩。冬天，河滩上有日本最大的露天温泉。

第二天，驱车 20 分钟到志古，乘坐汽艇欣赏熊野川支流——北山川中举世闻名的“瀞八丁”的奇峰、峡谷风光。经过两个小时的航行回到志古，游览速玉大社。熊野川的水路也是“水上参拜道”。

参拜完速玉大社后正好是午饭时间。熊野的特产是“熟成寿司”。在新宫市内的“东宝茶屋”可以品尝到腌制半个月到一个月的香鱼、秋刀鱼等制成的熟成寿司。但只有在这里，才可以品尝到腌制 30 年而成的“本熟成寿司”。30 年中不断的熟化与发酵使鱼变成了淡黄色的酸奶状。比起发酵后的香气，乳酸菌的酸味更为浓郁。真是一道绝佳的下酒菜，只尝一点已回味无穷。

晚饭后，就到了传说中熊野古道最美的地方——大门坂，感受远眺杉树丛中石阶道的乐趣。从大门坂步行一小时就到了熊野那智大社。再往前走，就能观赏到落差 133 米的那智大瀑布。走近瀑布，犹如身处神域一般。

本文介绍了熊野三山的参拜与温泉、峡谷、瀑布的美景，但这仅仅是熊野参拜的入门篇。熊野保留了大量的自然风貌，有各地特色的、多种多样的参拜道，堪称日本第一的历史古道。越是了解就越能感受到熊野的深邃，所以有很多人甚至来过两三次。想到下一次就能自己规划去熊野古道的行程时，笔者十分开心。

（荻野弘二）

青山刚昌的故乡与湖上露天温泉

鸟取县与濑户内海一侧的山阳地区不同，存在感很低。尽管人们知道“二十一世纪梨”“鸟取沙丘”“伯耆大社”等，但能在地图上明确指出鸟取县位置的人却少之又少。据说鸟取县目前是 47 个都道府县中人口最少的一个。由于存在感低，鸟取县知事平井伸治曾在讲话中诙谐地说：“没有星巴克，但有日本第一的沙地。”借此为契机，2014 年的春天，鸟取站前的“沙地咖啡”正式营业。第二年，鸟取县第一家星巴克开业，时代的流转真是悠然绵长。

鸟取县也养育了许多知名的漫画家。首先是《名侦探柯南》的作者青山刚昌。到了鸟取，一下飞机就能看到鸟取机场画着《名侦探柯南》的巨大欢迎牌。因此，鸟取机场也被人们称作“柯南机场”。临近仓吉市的北荣町就是青山刚昌的家乡。

还有《怪怪怪的鬼太郎》的作者水木茂。乘坐 JR 特急从仓吉向西前进，到米子换乘境港线。虽说境港线是本地线路，但是居然所有的列车，车内外都以《怪怪怪的鬼太郎》为主题进行了装饰。连车顶、车座套都统一印着妖怪图案，由此可见境港市非常重视宣传本地的大漫画家。境港市的“妖怪一条街”和“水木茂纪念馆”在日本全国都非常有名。

其实鸟取县还有绝佳的温泉。我很喜欢泡温泉，鸟取的三大温泉“三朝”“羽合”“皆生”我都想体验一下，但这次只去了三朝和羽合。（图 18）

一进三朝温泉，就看到三朝川上架着一座“三朝桥”，桥的两侧是一间间的温泉屋。三朝温泉的“温泉本通”是必去的地方。“温泉本通”是一条全长 300 米的窄巷，巷中分布着往日的酒吧、理发店、戏棚、照相馆、娱乐场所、脱衣舞等娱乐街必备的经典项目。与大规模的温泉地不同，在这里人们能享受到一种乡土气息。娱乐街往昔的热闹不再，只有理发店还维持着生意。

再来到三朝温泉的发源地“株汤”。传说很久以前，白狼为报答武士的相救之恩，便告诉武士大香樟树的树桩下有温泉。现在，那里的温泉还在滚滚涌出。旁边便是“三朝神社”，神社的手水舍[①]中的水是日本十分稀有的温泉，被称作“神汤”。据说 2014 年是开泉 850 周年，使人深感历史之久远。

温泉是钠氯化物泉水，富含镭与镭氡，是世界上为数不多

① 编者注：在日本，人们参拜神社或寺院前需用水洗手、漱口等除去污秽后向神祈祷。“手水舍”即供人洗手、漱口的地方。

的放射性泉水。因此，三朝温泉也被称作温泉疗法的圣地。每天泡 3 至 5 次，每次 5 至 10 分钟，可以清除体内的废物，缓解各种疼痛。三朝温泉不愧以“六根清净与六感治愈之地”出名，直到现在也人气不衰。

从 JR 西日本仓吉站乘坐公交车，前往羽合温泉（现在为了人们读着方便，“羽合”二字用平假名表示）的旅馆。据说从前，东乡湖的湖底有温泉涌出，由此诞生了“东乡温泉”和“羽合温泉”。这次笔者为了能体验到漂浮在湖上的露天温泉，便选择了一家名为“望湖楼”的国际观光酒店。其实在刚刚提到的《名侦探柯南》的第六十九卷中，这个湖上露天温泉就出现过了。

湖上露天温泉是这个旅馆的最大亮点，湖水的“表情”随早、中、晚的变化也时刻发生着改变。这种妙趣只有亲眼所见才能够感受得到。在金黄色的夕阳洒在湖面上时进入温泉，现世的烦恼会被忘得一干二净。湖面上拂过的风略有寒意，此刻把身体完全浸到温泉之中，身心都会感到无比的温暖。

（平井隆一）

出云大社　众神云集的超能量源泉

来到出云，果然还是想先去拜访一下出云大社。（据说）出云大社建于遥远的神代，本殿（国宝）中供奉着大国主命。大国主命近年来被人们视作缘结神，十分受欢迎。出云大社被视作当地多处能量源泉的最终根源，所以参拜者接踵而至，特别受到年轻女性群体的青睐。无数棵百年苍天杉树环绕着大社，大社的本殿在 2015 年，刚刚经历了每 60 年一次的平成大迁宫。环绕大社一周，确实感到周围洋溢着一种不可言喻的灵气。在当时，出云大社中高 48 米的大本殿是日本第一大建筑物，比奈良的大佛殿还要高。

近年，人们在离出云大社不远的荒神谷遗迹中挖掘出了大量的铜剑、铜铎等古代当权者在大型祭祀活动中使用的器物，这个发现很有力地支持了出云地区在当时是与大和地区并重的政治、文化中心的学说。从古至今，10 月一直被称作“神无月”，因为全国所有的神仙都会在 10 月离开居住的地方，前往出云。

所以相反，出云的10月就被称为“神在月”。

参拜之后，移步前往附近提供传说中古代料理的饭馆。饭馆有出云荞麦面和小豆粥，小豆粥读作“小豆粥”而写作“神在”，是出云地区特有的传统。

从出云大社驱车30分钟左右，就到了位于岛根半岛西部顶点的日御碕。神社中供奉着天照大神和须佐之男命，相对于守护日本白日的伊势神宫，相传日御碕神社守护着日本的黑夜。日御碕神社在日本全国范围内并不怎么有名，但级别却很高。拍打着惊涛骇浪、汹涌而来的日本海，映衬着朱红色的神社，使人走进神社，仿佛有一种时空穿越的错觉。

出云地区有许多与古代历史素有渊源的能量聚合地，出云大社之外还有日御碕神社、须佐神社、八重桓神社、美保神社、龙头瀑布等，近年来前往这些景点的游客也在逐渐增多。

沿国道九号线向东行驶片刻，就到了水乡松江市。可以看到左手边以夕阳美景而著名的宍道湖。周长有四五千米，是日本第七大湖。宍道湖是含有少量盐分的半咸水湖，人们可以从中捕获丰富的鱼类和贝类。特别是代表松江口味的真蚬、白鱼和牛背鹭，建议大家有机会一定要品尝一下。

位于松江市中心的松江城（别名“千鸟城”）是庆长十六年（1611）由战国的武将堀尾吉晴下令建造的。松江城的天守阁直至今日还留存着当时的景象，在2015年被认定为国宝。来到松江，一定不要错过从天守阁远眺松江市街和宍道湖的祥和景象，另外，乘船游览护城河也十分有趣。乘坐画舫船穿过城内壕与外壕间的16座桥，一边欣赏武家公馆街和古街道的风景，一边听着船夫用出云方言（居然有些像日本的东北方言）作介绍，时间缓缓流逝，真是惬意极了。冬天乘坐带被罩取暖桌的小船也很有意思（图19）。

晚上可以去体验松江内厅中的玉造温泉，据说玉造温泉起源于奈良时代。但如果想欣赏傍晚时分的美景、品尝当地美食的话，住在松江市内宍道湖畔的旅馆是个更好的选择。运气好的话，从湖畔能远眺到宍道湖的落日美景。湖水与四周的景色随着时间的变化而变化，真是一道不可言喻的绝佳风景。观赏完落日后便到了用餐的时间。当地人从日本海和宍道湖附近的山中获取食材进行烹饪，制成的乡土料理品质极佳，一点也不逊色于京都料理。这是继江户时代的茶道大家松平不昧公（第七代松江藩主松平治乡）之后，当地饮食文化愈加博大精深的证明。因此，松江与金泽并称为小京都。

出云地区还有很多能让人回想起日本往昔的自然风景和让人感到时代变迁的景色，真是个抚慰心灵的好地方。

（段谷芳彦）

银山、神乐、石州瓦和“小京都”津和野

从出云前往石见地区，可以走国道九号线，也可以乘坐山阴本线。

右手边可以看到日本海。白色的波涛时不时地向海岸汹涌地袭来，怎么看都是日本海的感觉。风平浪静的时候，无边无际的深蓝色海面十分平整，仿佛静悄悄地横卧在那里，使人的心情也变得安稳。根据史料记载，石见在古代被叫作“石海”。

过了大田市站，就到了被列为世界遗产“石见银山遗迹与其文化景观”的石见银山地区。开采金红石的坑道被称作“间步”，目前已经确认的“间步”共有六百多处。其中的龙源寺间步经过完善的修整，目前已对外开放，供人参观学习。

散步在银山公园到龙源寺间大约两千米的步行街上，是件非常愉快的事。流水潺潺，春有绿植，夏有凉风，秋有红叶，冬有白雪，四季都有不同的乐趣，仿佛超越了时空。秋天，大森代官所遗迹旁的城上神社里，金黄的银杏与似火的红叶争奇

斗艳，看了让人忘记时间。

据说石见银山在鼎盛时期有 20 万人口，1.3 万栋住房。一边追忆着往昔，一边走在大街上，当时的人、房屋、街景都浮现在了眼前。

大田、江津、滨田、益田盛产耐火性很强的黏土，它们都是知名的陶瓦产地。岛根县盛产石州瓦，与三州（爱知县）、淡路（兵库县）并称日本三大陶瓦产地，同时也向俄罗斯、中国、菲律宾、新加坡等地出口陶瓦。但近年来屋顶材料呈多样化趋势，全国范围内的陶瓦出口量都有所减少。15 年前石州瓦的制造商大约有 25 家，现在只剩下 7 家了。

石州瓦诞生于距今大约 400 年的江户初期。经过高温烧制的陶瓦，具有坚固的组织结构，能抵抗冻害、盐害、酸雨等严峻的气候条件，是一种品质极高的瓦。相对于其他产地的 970 ~ 1150℃，石州瓦的烧制温度超过了 1200℃，使用年限长达数十年，有些甚至达到了一百多年。另外，以来待石为原料的釉，造就了朱红色的美丽“赤瓦”。乘坐山阴本线时向窗外望去，随处可见赤瓦美景。登上石见银山街区中部的观世音寺，也能欣赏到大森町连绵起伏的赤瓦屋顶。

滨田站前的广场上有座小塔楼，每个整点都会有人偶在上面表演神乐舞。这与欧洲的广场上每隔一小时，就会有当地的人偶出来打招呼很像。

车站前的小巷里有家叫“神乐”的饭馆。老板娘亲自煮的“赤鲑”非常美味。老板 Hiro 是益田神乐保存会的代表，有时还会去外国演出。他笑着说，表演结束，就归心似箭，真的没有精力再去旅游了。石见神乐共有 130 多个社团，社团中的每一个人都为传统艺术的传承、保留而努力着。神乐有“大蛇”“惠比寿”等 30 多个剧目，最近各个社团也根据《古事记》和《日本书纪》创作了新剧目。在“演芸”中，演员一边表演着“神事”，一边伴着音乐激情地跳舞，非常具有观赏价值。

乘坐山阴本线到达益田站，换乘山口线向南前行，国道九号线也是向南延伸的。沿着中上游地区流行钓香鱼的高津川前进。高津川及其支流都不设水坝，在日本国土交通局的水质排名中，高津川是位居首位的日本第一清流。

津和野是山间并列着赤瓦白墙人家的城关镇。武家公馆殿街的水渠中，有锦鲤在游动。初夏，菖蒲花恣意开放，人们尽享江户时期的悠闲情趣。森鸥外和西周在年幼时，曾经在藩校的养老馆中上过学。

赤瓦白墙赫然分明的安野光雅美术馆、铺设着榻榻米的教堂、津和野天主教会、神秘的天空之城——津和野城遗址、具有一千多个红色鸟居的太鼓谷稻成神社等等，津和野的景点多得不可胜数。

津和野素有“山阴小京都”之称，漫步其中，有一种穿越到古代盛世的感觉。

（雨森理克）

矢挂的本阵和胁本阵　古民居爱好者必看

矢挂宿是旧山阳道上的第18个宿场町。江户时代，矢挂地区利用大街沿岸的小田川进行水运，成了备中西部的产业、文化、交通中心。但明治维新后，南部的海岸开通了山阳本线，矢挂的城市化便相对落后，渐渐退出了历史的舞台。据说很久以前，吉备津彦命与温罗曾在此地打仗。吉备津彦命放出的箭不小心挂在了树上，这个地方便被叫作“矢挂”，很早就被人们开发了。矢挂残存着许多史迹和名胜，喜欢历史的人应该会对这个城镇非常感兴趣。

矢挂历史记录里的自然与建筑物中，有为神宫皇后出兵朝鲜提供造船木材而得名的舟木山，曹洞宗的古寺洞松寺，与吉备真备的生母下道氏有渊源的圀胜寺和传说中阴阳师安倍晴明学习天文学的地方——阿部山。战国末期时，毛利元就的四儿子元清曾在此地常驻，那时守卫东部的军事要冲——猿挂城址也残留了下来。洞松寺是毛利元清的菩提寺，目前在日本全国有一千多个分寺，迎接着以外国人为首的参禅者的到来。

因为气候温和、自然灾害较少，矢挂的农作物十分丰富。小田川水运为物资流通提供了便利交通。矢挂的居民生活相对富裕，文化水平较高，当地也很重视教育，喜爱俳句和书法的人很多。矢挂在冈山县内都属于发达地区。

1902 年，冈山县分别在冈山、津山、高梁三个城关镇中成立了教育网点，矢挂中学（现在的县立矢挂高等学校）作为旧制中学被开设在了矢挂，可见当时矢挂的教育水平之高。

据说在日本的无数驿站中，把本阵和胁本阵保存得完好如初的只有矢挂。因为当地居民具有尊重自然环境、历史和文化的意识。在全长大约 800 米的街道中，很多瓦房顶的古民居都被存留了下来。漫步其中，当时的繁荣景象仿佛就在眼前，有种穿越时空的错觉。其中的本阵（石井家 = 酒屋）有 1000 坪的宽阔用地。一进御成门，就能看到房间上段的桃山末期的楣窗上，雕刻着“葡萄与松鼠”，隔扇中有两三个交错的竖条格子门窗，品位高贵优雅。房屋内有日本庭园、浴室、化妆间、厕所等，从古至今保存得十分完好。本阵里有一百多张曾经在此留过宿的西国、九州大名的住宿牌，此外至今还保留着石井家居住过的房间。正房的泥地房间里，保留着伯纳德 · 利奇赞叹不已的屋顶木构件。昭和至平成年间，人们对部分老化的房屋进行了拆卸和修复，同时保存了过去的酿酒厂。

胁本阵（高早家 = 金融业）中有 600 坪的用地，其中保存着许多大仓、中仓、米仓等被指定为文化遗产的各种仓库，残留着备中南部民居的特色。当时，胁本阵的用地越买越多，房屋也随之越建越多，是全国被指定为重要文化遗产的民居中房屋数量最多的一个。

现在矢挂町最大的观光活动，就是在本阵、胁本阵与大街上的大名队列游行。活动在每年 11 月的第二个周日举办，国内外会有很多旅客前来观看。最近，本阵周围的古民家中建设了町家交流馆和热水浴住宿设施，为旅客提供了休息的场所。当地也出售橙香饼子、薄荷等矢挂的特产，橙香饼子从江户时代起就是本地区知名的特产。NHK 的大河剧《笃姬》中，笃姬前往江户途中，曾在矢挂本阵住宿，并喜欢上了矢挂的特产橙香饼子，将其全部买下。这集一播出后，就成了人们热议的话题。

沿街流动的小田川对岸，从前有一座可通过漫水桥“观月桥”前往的小山。大正时代的歌人柳原白莲到访此地时，把这座小山比作京都的岚山，并吟咏了一首诗歌。因此，小山便被叫作矢挂岚山，成了人们喜爱的赏樱胜地。

如果在参观本阵、胁本阵后走累了的话，不如去本阵附近的古民家画廊咖啡厅“Pont Mouvant”坐一坐。一边欣赏着漫水桥过去的老照片，一边喝着咖啡、享用放入柚子的雪芳蛋糕，旅途中对矢挂的感情也肯定会变得更加深厚。

（木口利男）

城下町津山 “珈琲”的发源地

津山曾经有一个巨大的城郭，城郭中林立着以五层天守为中心的 77 座塔楼。它的规模超过了姬路城的 61 座塔楼，堪称该地区第一。据说，藩祖森忠政在元和二年（1616）建成的天守阁是模仿小仓城天守的南蛮之作。天守的城郭组成了本丸的一角，定线工程十分复杂。2015 年被认定为国宝的松江城天守也有五层，如果津山城还在的话，肯定也能被认定为国宝。尽管没有天守，津山城还是在 2006 年被选入了日本百座名城之中。

对于明治六年（1873）废城令的不同应对方式，使松江城与津山城的命运踏上了截然不同的轨迹。因废藩置县而设立的北条县取代并破坏了津山城。虽然当时也有反对废城的运动，但遗憾的是没有出现松江城那样的支持者。直至今日还有一些津山人盼望着天守能够重建，但因为没有筑城时的图纸，这个愿望便不能实现了。虽然现存的备中塔楼和石桓是后来重建的，石桓群一二三段式的堆积方式和高度也显示出当时的筑城技术达到了巅峰，使人百看不厌。天守台的石桓上，有一块心形的岩石，据说触摸过这块岩石的人就能收获爱情，所以备受情侣们欢迎。在当地，这块岩石作为“爱的奇石”，十分有名。

现在津山城遗迹位于鹤山公园中，人们在公园里可以观赏到四季变化的美丽景色。每年樱花盛开的时候，公园会在4月1日到15日举办“津山樱花祭”。以石桓为背景，约一千棵樱花树竞相开放，场面十分壮观。鹤山公园被选入了“百处赏樱胜地”，是西日本为数不多的赏樱胜地。（图20）

地理位置上，津山市是该地区山地中的盆地，位于山势险峻的地区。但森家灭绝后，津山藩主从结城秀康起都是名门望族。津山市的藩医，有代代都从事西医的传统。尤其是受到《解体新书》的强烈影响、励志学习兰学的宇田川玄随及其子孙玄真和榕菴。他们把近代科学引入日本，被当地人称作宇田川家三代，十分受人尊敬。特别是榕菴，他研究并制定了“氧”“氢”等大量化学用语，被称为“日本近代科学之父”。

咖啡牛奶、浓缩咖啡、卡布奇诺等现今融入日本人生活的咖啡，起源于江户时代初期。那时，咖啡被荷兰人带到了日本，幕府的官员和通词（翻译）便开始喝起了咖啡（《荷兰商馆日记》）。但人们却并不怎么知道把咖啡写作“珈琲”的人究竟是谁。

把咖啡引进日本的人是200年前的宇田川榕菴。他学习了医学和本草学（植物学），出版了日本第一部植物学著作《菩多尼诃经》，榕菴自幼就是一个好奇心很强的孩子。当19岁的榕菴去江户与荷兰商馆长谈话的时候，榕菴对入口的咖啡产生了兴趣，于是他就对咖啡做了植物学分析，写了一篇名叫“哥非乙说”的论文。随后，榕菴受幕府之命翻译《家庭百科事典》，在其译本《厚生新编》中也表达了对咖啡的强烈兴趣，并记录了他对咖啡所做的调查。

在榕菴创作的《兰日对译词典》中记载的“珈琲”一词，是他从荷兰语的koffie和咖啡树的形状中获得灵感而创造的。“珈”代表女性装饰头发用的玉饰，“琲”代表玉饰的细绳。当地人认为“咖啡”能够表达用嘴喝东西的意思；但看到“珈琲”，就能联想到咖啡树上鲜红、成熟的咖啡樱桃，好似玉饰一般。所以我认为榕菴的“珈琲”更为浪漫，可以感受到异国气息。对榕菴珈琲感兴趣的朋友，不妨去城西浪漫馆看看，那里有已经复原的榕菴使用过的咖啡机，可以品尝一下幕府末期咖啡的味道。

城东地区有津山洋学资料馆，馆中展出了榕菴及宇田川三代兰学者的业绩与铜像。尽管400年过去了，城东地区仍然完好地保留着江户初期以来的商家、分地，被选为重要传统建筑群保存地区，是一处非常适合散步的地方。

（木口利男）

御手洗　濑户内海第一港口城镇

御手洗处在濑户内海的安芸滩上，是大崎下岛东端的一个港口小镇。从江户中期到明治中期，御手洗都是濑户内海第一的城镇。很多年前，我头一次来到御手洗，就被濑户内海和这个群山环绕的港口城镇的美景折服，之后又去过很多次。这个港口小镇中没有现代建筑，整个小镇都是历史遗迹，来访者走入小镇的瞬间，仿佛置身于历史之中。

十八世纪初，航海技术和造船技术的进步，使激流中航行变为了可能，航行时间大大缩短。正值此时，从奥羽和北陆起，经由下关去往大阪的“西巡航线”开通，大量物资通过濑户内海。顺风顺水的御手洗占据地形优势，突然间受到万众瞩目。御手洗繁荣的时期，正好也是幕府末期到明治维新那段动荡的时代。从这个地区现存的富有江户时代风韵的街景和无数史迹中，我们可以感受到幕府末期江户、京都、大阪超越时空的激烈动荡。御手洗在 1994 年被指定为“重要传统建筑群保护地区（简称‘重传建’)”。

接下来让我们走进这座小镇。首先是常盤路，常盤路是保存区域的主要通道。道路两侧是商家的住宅。这些房屋具有山墙开门、用平瓦与圆瓦交互铺成的屋面和封抹厚实的墙壁，被十分完整地保存了下来。御手洗的商人主要依靠为停靠的船舶添薪加水、提供食材挣钱。后来随着停靠船舶数量不断增加，御手洗出现了装货交易，逐渐发展成了中转交易地。

沿着常盤路走几分钟，就到了白色墙壁的若胡子屋遗迹。这是江户时代的茶屋（青楼）。据说鼎盛时期时，楼里曾有一百多名妓女，是御手洗中最大的、广岛藩公认的茶屋。从大名和外国商馆曾经一起结伴、在此尽情玩乐的记录中和茶屋内部装修时大量使用的屋久杉木，可以看出茶屋当时的繁盛景象。

御手洗中曾经盛行过戏剧和歌舞伎，也出售过彩票，是热闹的游乐之地。这些活动都经过了藩的准许，是具有顽强精神的商人经过努力实现的。由此，御手洗便聚集了人、财、物。根据文献记述，吉田松阴、坂本龙马、高杉晋作等幕府末期的志士，荷兰使节西博尔特和其他外国人等文人墨客都到访过御手洗。

西国诸藩的指定船员旅馆是收集各藩情报与贸易的场所，也有荷兰商人在此秘密地进行萨芸（广岛）地区间的武器交易。可以想到，各藩的意图及由此引发的国内外商人们的活动，使幕府末期的御手洗处在一种错综复杂、极其混沌的状况之中。

御手洗中能讲述这段历史的古迹，有元治元年（1864）尊王攘夷派的三条实美等人在得知长州藩禁门之变失败后，在回常州的途中逗留过的“七卿落遗迹”；长州藩与广岛藩在庆应三年（1867），为打倒幕府而签订“御手洗条约”的条约签订地“金子邸”。这些以萨摩藩为首的船员旅馆等遗迹都被保存了下来。

但明治中期时，停靠的船舶逐渐减少，小镇开始衰败。在明治维新后，海路运输的位置让给了近代造船技术（机帆船）和全国开通的铁路，昔日靠造船业而扬名天下的御手洗落在了时代后面。现在的御手洗残存着传统的街道景象，历史有时真的很讽刺。

沿海岸步行，有一处船员旅馆遗迹，御手洗最后的造船木匠宫本国也（86岁），在里面制作着木制船的迷你模型。宫本先生总是笑容满面地迎接客人，讲述与造船有关的逸闻趣事，这些故事好像一生也道不完。造船不是件容易的事，但宫本先生对造船的热情却始终不曾减退。这就是小镇中人们对于传统的守护之情。

从市内沿着步行街走大约20分钟，就登上了“看见历史的山丘公园”。从那里可以远眺美丽的御手洗街景、海港和远处的濑户内海（图21）。秋季，附近陡峭的斜面坡道会浸染在一片金黄之中。这里也是“大长橘子”的故乡，尽管劳动力不足，当地人依旧非常用心地培育着橘子。

想去御手洗的话，可以驾车或乘坐高速巴士，从广岛的中心地区出发，大约耗时两个多小时。还有一条有趣的路线，就是出发或返程时去一去同样被列为“重传建”的“竹原”。竹原与御手洗（大长）之间，乘高速船有四五分钟的航程。乘船时眺望濑户内海上的无数小岛，心情也会十分愉悦。

（若山正纯）

依靠煤炭与人才振兴产业，走出叛国贼的屈辱阴影

宇部在 1935 年从村升级为市，现在是山口县内仅次于下关和山口的第三大城市，人口总数 17 万。街道中没有产煤区常见的煤矸石山，大街上装点着“绿树红花与雕塑”。但不远处出现了许多工厂，富有情趣的景色便消失不见了。

宇部到底有什么迷人之处呢?

在毛利藩转封防长二州后的 240 年中，宇部的领主福原家大力开垦和治水，赢得了村民的深厚信赖。幕府末期，领主福原越后作为藩的家臣之长，主要负责财政。他是一名沉默寡言、果敢的名臣，文久三年（1863）担任了禁门之变的总指挥官，使藩背负叛国之名。第一次带兵讨伐长州后，藩主为了表示恭顺之意，命令福原和二家老切腹自尽。不甘自尽的越后在切腹时留下了一句“不用别人帮忙，我自己来”便溘然长逝。

萩在新政府建立后，出现了许多杰出人才。失去了领主、被藩冷眼相待的宇部，天佑神助般地获得了煤炭和人才。这就

是宇部的力量源泉。

1888 年，由地方势力出资建立的“宇部共同议会”作为社会事业团体，建立了各种学校、图书馆，建造了山阳本线宇部站，通过开设邮局、架桥等调整，扩充了基础设施。福原越后的后人福原芳山把矿区权无偿转赠给了宇部，宇部便开始了煤炭事业。福原芳山当年是自己出资从藩煤炭局的旧官员手中买下了官员私自开办煤矿的矿区权，赠送给了宇部。

在日本的经营史上，因独立性而备受好评的“宇部式匿名工会”诞生了。工会中，大家一同出资，从顶层到生产一线，所有人齐心协力，努力地工作。1897 年，汇集了小事业团体的匿名工会冲之山煤矿建成。这是宇部的人才、宇部兴产的创始人渡边祐策的成果，也是宇部飞跃式前进的开始。

宇部的煤井一直挖到了深海区域。用来填筑煤矸石的 300 万坪填埋用地就是之后的工厂用地。宇部煤与三池等地的煤相比，有卡路里低、碳层少的缺点。渡边开启了“从有限的煤炭走向无限的工业”的事业。他坚信宇部在将来一定会有所发展，因此向新领域发起了挑战。从 1914 年的铁工所开始，1923 年的水泥制造，1933 年的氮工业也兴盛了起来。那时，宇部招徕了许多国内外精英，呼吁本地的人才返乡建设等，在招揽人才方面贯彻了自助努力的原则。虽然引进丰田自动织机的纺织、纺纱事业没有获得很好的成果，但渡边同时经营的各种学校、医院、电力、轻便轨道（宇部—小郡间）等都奠定了宇部的城市基础。

1937 年，公司对以“共存同荣”为座右铭、为故乡发展倾尽心血的渡边进行了表彰，建造了“渡边翁纪念会馆”，赠送给了宇部市。这个由村野藤吾设计的会馆，作为国家重要文化遗产，集结了市民的心血。

宇部的“共存同荣”思想在高度成长期中遥遥领先，被称为“宇部方式”，产官民学协议中的公害对策和多人合作举办的现代野外雕刻展“UBE 隔年展”都与其息息相关。宇部市每年都有一千多名市民来到村野藤吾的晚年作品——宇部产业大厦参加股东总会。文化艺术资助、企业社会责任等都是宇部多年前的“共存同荣”思想的体现。

除了先人福原越后与渡边翁的产业遗产，也有许多正在运转的产业资产。以自费为主鼎盛年代中兴建的宇部兴产专用道路（行驶超大型拖车的 32 千米长的私人道路）为首，有石灰石矿山、宇部鱼糕（比小田原的鱼糕更有鱼的味道）、永山本家酿酒厂（不比岩国势差的名酒“贵”）等。养育了宇部的煤矿在 1967 年封山，因为海水流入了坑内，我们再也看不到这处遗产了。但常盘公园的煤炭纪念馆，再现了一部分坑道与挖掘现场。

最后介绍一下宇部的新生力量。优衣库的创始者柳井正就是宇部人。他正在世界的舞台上展现着强大的长州力量。

（合田隆年）

洗涤心灵的四国朝圣之旅和当地淳朴的接待文化

“朝圣者，您辛苦了。这是一点小心意，请您享用。”在四国的八十八处灵场巡礼（朝圣）时，会有许多当地人主动向你打招呼。所谓接待，不仅仅是吃些食物、喝些饮料，在迷路的时候，也有人特意来为你指路：“朝圣者，朝圣的路在这边哦。”

四国朝圣之旅起始于德岛县的第一个札所“灵山寺”，满愿于香川县的第八十八个札所“大洼寺”。据说全程有 1400 千米，但笔者走过的古道共有 1200 千米。过去，朝圣者在各个灵场参拜时，会把木牌子钉在灵场中，所以灵场也叫作“札所”。现在，寺院中收存着写有住址、名字、年龄、日期的纸。朝圣者在接受招待时，也要把写着同样内容的纸交给对方，这是一种礼仪。

从第一个札所出发叫作“顺打”，从第八十八个札所出发叫作“逆打”。把参拜叫作“打”，也是由钉木牌子而来的。一气走完八十八处灵场叫作“通打”，分数次走完叫作“段打”。笔者前前后后大约“段打”了 3 年才走完巡礼路。

别处也有许多朝圣路，但没有一条路像四国朝圣路这样，拥有如此根深蒂固的接待文化。关于接待的由来众说纷纭，有人说是对无依无靠的朝圣者的施舍，也有人说是对遭遇不幸的家人的供养，但现在，接待代表着接待者对于代替自己朝圣的人的感谢。

在札所的寺院中，能看到很多朝圣者的身影，但走在路上，居然很少能看到他们。走累了的时候，当地人会对笔者说“朝圣者，歇一歇再赶路吧”，笔者听了十分感激。也有人在自己的家里搭个小棚，这便成了朝圣者可以休息、喝茶的“招待所”。当地人不仅接待步行的朝圣者，也接待札所门前的一般参拜者。但当地人都说“我们也很想接待坐车来朝圣的人，却没有什么机会”。笔者觉得步行朝圣有一种优越感，但有个寺院中写着这样的教诲：“不论走路还是乘车，信心的价值都不会改变。”

接待是对朝圣者的善举，并不局限于提供茶和点心。步行朝圣者每日需要走数十公里的路。有一次，一辆汽车在我面前停下，车上的人问笔者“朝圣者，我用车带你一段吧”。起初，笔者因为正在步行朝圣，就拒绝了那个人。但又有座寺院写着这样的教诲：“为了报答别人的善意，我们不能拒绝接待，应该坦率地接受。”从那以后，笔者便开始坦率地搭乘接待人的车，并在车上与他们谈笑风生。

还有一次，在笔者走到一个村落的时候，前面一辆载着一对老夫妇的车停到笔者眼前。司机是他们的女儿，她下车后对笔者说，“我什么也没带，请收下这个”，然后给了我一枚 500

元钱的硬币。车上的老夫妇也一同冲我合掌致意，之后他们便开车走了，好像什么也没有发生过一样。数百年间，像这样的形式多样的接待文化在四国朝圣路上一脉相承。

旅行是一种脱离日常的活动。不光风光明媚的景色可以带来快乐，平凡朴素的事情也能令人感动。特别是在八十八处朝圣时，我总是无意识地思考过去与将来。就在这个时候，我接受了当地许多人的无私款待，洗去了常年积压在心里的尘埃。满愿之时，我的心犹如被净化了一般安稳沉静。

（中塚晴夫）

自然奇观“鸣门旋涡” 自然和宇宙共同演绎的能量聚合地

鸣门海峡位于淡路岛一侧的门崎、兵库县南部淡路市与四国一侧的大毛岛的孙崎、德岛县鸣门市之间。这三块地方前突的小岛都又细又长，最前端的部分之间大概只有 1.4 千米，非常狭窄。海峡上架着一座 1985 年建成的鸣门大桥。往桥的正下方望去，可以近距离地看到大自然从上古时期起就编织而成的“鸣门旋涡”。这是大自然为充满活力的大海绘制的艺术之作。

如今，社会生活喧嚣杂乱，消耗我们大量体力的同时还让头脑变得迟钝。如果我们置身于大自然，静静地聆听一两个小时自然的声音，浑身就会不可思议地充满能量，恢复元气。这个地方就是能量聚合地鸣门海峡。在这里，大自然可以为我们补充能量。笔者出生和成长在淡路岛，刚步入社会时，每次意志消沉就会来到门崎，这里是为身体充电的好去处。

“鸣门海峡”的潮流是“世界三大旋涡”之一。其他两个分别位于意大利的“墨西拿海峡”和加拿大的“西摩海峡”。其中，鸣门海峡的旋涡直径最长时能达到 20 米，堪称世界第一。

据说“鸣门”“鸣濑户”之称得名于涨潮时犹如雷鸣般的激流声。旋涡发生的原因是潮水涨落之差。大量海水根据潮汐的变化，每天分两次从纪伊水道流向播磨滩（濑户内海），又分两次从播磨滩流向太平洋。涨潮时，濑户内海与太平洋间的水位差最高能达到 1.5 米。平时，潮流的流速是每小时 13 到 15 千米，涨潮时每小时可达 20 千米。

附近渔民能够很好地读懂水流的运动。风平浪静的时候，也就是濑户内海与太平洋间的水位差消失之时，他们就会趁机驾着比旋涡还要小、速度较慢的小渔船南北往返，一边航行一边捕鱼。以前，有许多外国船因为不懂潮水运动而发生事故。相传，在掌管着濑户内海的村上海军中有一条规定——“乘潮莫乘船”。大自然的教诲广泛流传在濑户内海地区的渔民之间。我不禁为这种尊重自然、与自然共存的生活方式所感动。

鸣门海峡中产生的巨大旋涡与其地形有关。海峡的中部深达 100 米，潮水流速非常快。中部的水流被称作“本流”，但海峡的两岸是浅滩，附近的水流非常平稳。“本流”与两岸平稳水流的流速差形成了“旋涡”。

换句话说，因为涡潮产生的原因是流速快的“本流”与流速缓的水流卷在了一起，所以涡潮产生的地点就在“流速快的本流”与“流速缓的水流”的分界线附近。涡潮的出现时间非常短，从几秒到几十秒不等。一个旋涡消失后，会有无数新的旋涡在它旁边产生。

“读懂潮水的流向”不仅仅局限于鸣门海峡，也作为一种“教诲”应用于现实生活。不论社会有多大、历史有多悠久，不能读懂社会的潮流、业界的趋势和时代的走向，不能因时而变的话，这个社会就不可能存活下来。

“乘潮莫乘船”在起到教导作用的同时，“鸣门海峡”作为大自然的体现，震撼着观赏者的心灵，使其反思自身，治愈着观赏者平日的疲倦，也就是用自然的能量为身体充电的能量聚合地。

笔者听说，鸣门旋涡这一独一无二的自然现象正在被列入联合国教科文组织的世界自然遗产中。我们应该尽力保护这种重要的、罕见的地形 / 地质，重新确认它们的历史价值，让后人们继承这些人类共同的宝贵财富。

（谷口扩朗）

盐饱群岛的历史和粟岛的“漂流邮局”

由 28 个小岛组成的盐饱群岛，位于濑户内海东部的香川县。从遣唐使的时代开始，盐饱群岛就是日本与东南亚的吕宋岛之间开展交易的海上交通要冲。

正如我们从源平战役中了解到的，濑户内海的潮水流动速度很快，行驶其上需要高超的驾船技巧。因为潮水流动速度惊人，它的名字便来源于潮水翻腾的样子。濑户内海西部的村上海盗因与秀吉、信长对立而衰败，而东部的盐饱海盗却成了秀吉的海军，又在之后的德川政权下做了朝廷船员。650 个人在盐饱驻扎下来，享有完全自治权。江户时代，北陆直辖地的御城米在运送途中经过濑户内海。宽文十二年（1672），河村瑞贤奉幕府之命开辟了西巡航路，因此，北前船的航路被扩展到了东北和北海道，盐饱群岛的海运业也兴盛到了极点。北前船与盐饱地区的人们曾经有过密不可分的联系。

盐饱群岛上不光经营运输业，也建造一种叫作“千斗船”

的船舶，并且有许多技术高超的船匠。但在18世纪上半叶，吉宗发起享保改革之后，盐饱便没有了运送御城米的特权，也失去了许多巡船。但盐饱的驾船技术和造船技术却传承了下来，日后也培养出许多海军和海运人才。盐饱始终与大海紧紧地连在一起。万延元年（1860），因《日美通商条约》被批准，胜海舟担任了护卫艇“威临丸”的舰长。船上的50名水手中，有35人都出自盐饱群岛，远远多于长崎出身的15人。

盐饱群岛的西边，有一座叫“粟岛”的小岛，岛上人口250人，面积4平方千米。粟岛是天然良港，顺风顺水，提供船只维修。粟岛作为北前船的停靠地，得以繁荣发展。虽然在1897年创建的粟岛航海学校在战争结束后停办了，但后来又作为海员学校得以重新开办。海员学校在1987年停办前，走过了九十多个春秋，为日本的航海业输送了无数船员。

其实，笔者的祖父在1910—1932年曾担任海员学校的校长。1920年正值他在任期间时修建的校舍，如今作为“粟岛海洋纪念馆”，成了粟岛的标志性建筑。祖父在笔者出生3年前就去世了，所以我们未曾谋面。但我从两年前开始，时不时地就会去粟岛看看。

在2013年的濑户内海国际艺术节上，东京艺术大学的久保田沙耶女士有缘在此创立了“漂流邮局”。艺术节从2010年起，每3年举办一届，从小豆岛到伊吹岛共14个会场，到场者超过了100万人。

艺术节原本是作为官民一体化活动展开的，其初衷在于以濑户内群岛为舞台，通过艺术来恢复地区的活力，力图重振地区。而漂流邮局的灵感，则来自于久保田女士在粟岛海边看到的漂流物。用一句话概括这个企划的目的，就是“寄出不知会飘向何方的信件”。人生在世，只要活着，就会面临喜怒哀乐、爱憎好恶，而这些心情往往无人倾诉，或者即使有倾诉的对象，也无法取得联系，此时就可以将它们寄托于这些信件之中。

2013 年艺术节结束后，中田胜久局长看着 400 封信件深受触动，向久保田女士提议将这项活动继续进行下去，于是直到今天，每月第二个和第四个周六，邮局都会开业，目前信件数量已经超过两万封。中田先生作为职员和局长，在粟岛邮政局奉献了 45 年的人生。身为村会议员的中村寅三郎，于 1893 年独自创办了邮局并担任首任局长，在四年后还创办了海员学校。中田局长和笔者之间不可思议的缘分也令人感慨万分。

（桃井直达）

观音寺市　大平正芳的故乡

香川县被称作“乌冬县不仅有乌冬”，伊吹岛位于香川县最西端海上 10 千米处，其海参在日本首屈一指。观音寺市的宣传则以“乌冬县海参市”为着力点。面朝大海的观音寺市虽然于 2005 年和丰滨町、山对面的大野原町合并，但居民们的观念并没有随之发生变化，一边享受着各自所秉持的精神，一边在濑户内安稳度日。日本前首相大平正芳便是丰滨町人，他的“田园都市构想”的灵感也是来源于此。

旧观音寺的代表性地标是包括濑户内海国立公园在内的琴弹公园（国家级名胜），以及从高约 70 米的山顶可以看到的钱形沙绘“宽永通宝”。这幅沙绘在大川桥藏出演的电视剧《钱形平次》中作为字幕背景出现过，因此本就具有一定的知名度。

从展望台上看去，实物长 122 米，横 90 米，周长 345 米，深 2 米。市民每年春、秋季节会认真修整两次。夜幕降临，华灯映照，自有一番意境；但在入选“日本夕阳美景 100 选”的夕阳下，也极为美丽。

关于此处大型近代遗址是由谁、在何时、出于何种目的建造的，史料上完全没有记载。有一种说法是宽永十年（1633），当地市民为迎接丸龟藩主生驹高俊公来此地巡视，在一夜之间建造的，但这一说法和其他两三种说法一样，目前还没有得到证实。

最近几年，这幅极具神秘色彩的钱形沙绘被视作财运的象征，备受大众追捧。据说站在山顶双手合十祈愿后去买彩票就能中头彩呢！曾有人买了两份彩票就中了16亿日元，而且这样的事情还出现过两次，使得世人为之震惊。车站附近的彩票售卖处也被称作“观音寺市的机遇中心”。

山侧的大野原町有丰稔池堰堤，它是日本重要的文化遗产。香川县是日本面积最小的县，但灌溉用的水池数量却是日本最多的。其中具有代表性的便是大宝元年（701）建造、弘仁十二年（821）由空海实施改建工程的满浓池。

大野原也是大米的产地，却自古以来饱受旱灾之苦。迫于1920年和1924年爆发的农民起义，香川县于1926年启动了突击工程，快马加鞭赶在1930年完成了堤坝的修筑。请数名技师进行指导，并动员共15万当地居民，可谓人海战术所留下的珍贵遗产。

这座石砌多联式拱形堤坝，堤高32.3米，堤顶长158.4米，总蓄水量与满浓池大致相同，为159万立方米。堤坝雄伟壮观，威风堂堂，极易令人联想到欧洲古城，堪称日本堤坝技术史和土木史上重要的里程碑。最近报纸、杂志纷纷予以介绍，不仅是堤坝爱好者，很多的普通人也为之深受感动。

在香川县与爱媛县交界的丰滨町，每年 10 月上旬的星期五、六、日 3 天举行讃岐丰滨巡游祭，算上从外地回乡的当地年轻人，客流量约 3 万人。

集神舆、太鼓台巡游、轿辇竞赛于一体的这项热闹而重要的庆典上，太鼓的声音和人们的欢声笑语响彻秋日云霄。这是由京都祇园祭的抬轿活动开始，慢慢流传开来的，观音寺市作为香川县的中心，自 150 年以前便繁荣起来了。

太鼓台高约 5 米，抬轿的杠子长 13—14 米，由红底金丝刺绣的幕布和装饰蒲团等 200 个零部件组成，重量高达两吨。

区域内最豪华壮观的巡游是由 23 个太鼓台组成的，每个地区一台。按现在的规格计算，每台需花费五六千万日元。一个古老的小城镇里的小小的地区，如何才能筹措如此庞大的巡游呢，实在是不可思议，只能称之为奇迹了。

一年的准备，只为了秋季的 3 天庆典，而最后一天在一宫神社举行的轿辇竞赛则是庆典的压轴环节。勇士们卸下车轮，用手抬起太鼓台，比上几个回合。夜晚人们则点亮灯笼，为庆典增添最后一丝风情。

丰滨町常年设有巡游会馆，内有实物展示、影像资料等，随时可以前往参观。听说还有笔者小时候的照片呢。

（合田隆年）

住友的起源地和新居滨的“东方的马丘比丘”

新居滨市是笔者出生的故乡，坐拥濑户内海的绿水青山，工厂众多，太鼓庆典上的太鼓台争霸勇猛而振奋人心。这里有很多住友系的工厂，连同别子铜矿繁荣兴旺。

从新居滨市可以看到石锤山，元禄三年（1690），石锤山1000米顶峰处发现了露出地表的铜矿。元禄四年（1691）住友家在别子铜山开矿，一直到1973年封山为止共采掘约65万吨铜，为日本实业发展作出了巨大贡献。

明治维新时期，别子铜山陷入被新政府接管的危机，当时铜山的负责人广濑宰平（后来的住友总部首任总理事）和别子铜山征收工作的负责人川田小一郎（土佐藩士，后来的日银总裁）进行谈判，说服对方撤回了接管决定。广濑在别子铜山引进先进的西方技术，在山中铺设铁道，通过一系列举措推进矿山现代化建设。别子铜山的采掘量因此而有了巨大飞跃。在海拔750米处，至今还可以看到当年建造的公司宿舍和矿山的各类设施。

如今，铜山遗址已变为观光景点，当年建造的地下通道如今依然可以进去。此外还有铁道、水电站等设施，以及淘金体验等观光项目。东平地区被称作“东方的马丘比丘”（图 22），储矿库、变电站、配电站、索道停车场等遗址被作为产业遗产予以保护，东平历史资料馆中保存有这些遗产的详细史料。从东平出发，山道途中还留有别子铜山开矿时具有纪念意义的坑道（坑口）。坑口被命名为“欢喜坑”，象征着这里是住友的起点。登上山顶，周边景色一览无余，令人沉醉于青山之美。远眺这片青山，便会想起伟大的先驱——伊庭贞刚。19 世纪 80 年代后期，由于山麓地带的冶炼厂排放含有二氧化硫的废气，这座山日渐荒芜。烟害引发劳动争议，伊庭贞刚被派往别子解决这一问题。

伊庭果断决定将冶炼厂迁至距新居滨 20 千米的四阪岛。“平日里我就喜欢做些愚蠢的事情。是那种不讨好的愚蠢的事。然而，愚蠢的事有时也会变得有用。”“天下没有不劳而获的事情，想要不投入资金就获利也是不可能的。”这次迁址需要花费巨资，因此反对者众多，但他依然下定决心迁址。

在伊庭的脑海里，盘旋着强烈的“一定要让这座荒山变回青山”的念头，他坚持不懈地推进植树造林事业，甚至投入了个人财产。日后谈及植树造林时，伊庭曾断言：“可以说这才是我真正的事业。我只要做好这件事就足够了。其他的事业，没有也罢。”因此，后来他被称作 CSR（企业社会责任）之父。

新居滨的太鼓庆典和德岛的阿波舞、高知的夜来祭并称“四国三大祭”。太鼓庆典起源于平安时期，人们为祈求五谷丰登和平安顺遂，在神舆前祭祀时抬起太鼓台。如今，太鼓台已成为节日的亮点，如同别子铜山不断壮大一样，从小型祭祀用品演变为雄伟的大型太鼓台。笔者小时候曾见过太鼓台激烈相撞的争霸场面，如今已经看不到了，因为争霸过程中曾造成人员伤亡，如今已经被禁止了。不过市区内 53 台华丽的太鼓台相汇的场面，着实华丽耀眼。和唐津九月九日重阳节相同，背井离乡的新居滨人即使盂兰盆节不回家，也会在 10 月的太鼓庆典时回乡。太鼓庆典这样的夜晚，正适合品尝濑户内海的海味佳肴和本地美酒，无比舒适、惬意。

（真木郁夫）

访土佐深山草莽志士的故乡

“自由始于土佐山间。”

高知县是自由民权运动的发祥地，其森林面积占83.4%，位列全国第一，平地稀少，崇山峻岭层峦叠嶂，延绵不绝。在这样的土佐深山中，为何诞生了如此之多的维新志士呢？

高知县向西约40千米处为须崎市。从须崎市出发乘车约15分钟即可到达津野町的入口。在日本最古老的部落“三间川部落”的深处是朽木山岭。据说坂本龙马就是越过了这一山岭，脱离藩籍成了浪人。沿国道继续前进，到达津野町公务所。毗邻公务所的便是明治时代赫赫有名的片冈直辉、片冈直温兄弟的府邸，他们的父亲片冈孙五郎曾援助过以坂本龙马为首的勤皇志士们。片冈直辉曾担任大阪煤气株式会社和南海电气铁道株式会社的社长，片冈直温则参与了日本生命保险相互会社的创立，兄弟二人在关西财界极为活跃。直温日后官至若槻内阁的大藏大臣。兄弟二人与岩崎弥太郎并称土佐乡野出身的明治初期实业家。

从这里继续深入，则到达布施坡山岭。直至平成初期这里都是像伊吕波坡道一样蜿蜒曲折的遍地砂石的山路，巴士甚至无法交错。甚至有从市区调来的公务员登上山岭，抱怨“这么恶劣的深山里是住不下去的”，然后抛下工作逃了回去，因此这道关卡也被称作“辞职岭”。20 世纪 50 年代，笔者有一位朋友是这山岭对面的东津野村人，他说“我们村里气候寒冷，连蜜柑都没有。走下布施坡进入叶山村时可以看见许多黄色蜜柑，心里羡慕极了”。

从东津野到相邻的梼原町之间便是真正的山地了，被称作“四国屋脊”。山虽不高，却绵延不绝。虽然这里也有很少的平地，用来铺设梯田，但人们主要是以林业和斜坡上的农业维持生计。从“V”字形的谷底向上看去，就会明白为什么人们说“这里的天空很狭小”。此地的著名特产也只有和纸原料——楮和黄瑞香而已。人们长期处于贫困的生活环境之中。

从土佐藩整体的角度来看，此地也无例外之处可言。江户时代人们生活质量较差，但正是在这样的贫困山区中诞生了被誉为南北朝时代“五山文学双璧”的绝海中津和义堂周信。幕府末期，又诞生了多位撼动了整个日本的勤皇志士，非常耐人寻味。这些仁人志士中东津野出身的有吉村虎太郎、上冈胆治、松山深藏、宫地宜藏、中平龙之助，梼原出身的有那须信吾、那须俊平、挂桥和泉等。

说起土佐的志士，除了前文提到的坂本龙马，吉村虎太郎更值得人们关注。虎太郎原本是津野山的地方行政官，深知百姓疾苦，恰好又接触了勤皇党的思想，因此心怀变革时代的理想抱负。他在坂本龙马之前便脱离了藩籍，文久三年（1863）拥戴中山忠光卿举兵攘夷，袭击了奈良五条代官所，揭开了朝臣公然反对持续了260年的德川幕府统治的序幕，史称“天诛组之乱”。核心人物虎太郎作为总裁指挥作战，然而由于宫中政变，“攘夷军”被视为匪军，吉野遭到讨伐，最终战死。明治维新前的5年，最早的实质性倒幕战争的领导者是吉村虎太郎这样一个土佐深山穷乡僻壤间出身的人，这具有极为深刻的意义。至今在津野町芳生野仍可见其故居遗迹。

如今从须崎到梼原町的国道路程约45千米，开车需一个小时，而1965年左右坐巴士需要三个半小时才能到。江户时代要登上山顶，再下至山谷，山路蜿蜒曲折而狭窄，距离大概是今天国道的两倍之远。如此不便且文化底蕴贫瘠的穷乡僻壤，为何诞生出如此之多足以撼动日本的仁人志士呢？如若深入研究，想必也是极为有趣的。被称为“云上之町”的梼原町为歌颂这8位志士，在纪念公园中建造了一座名为“维新之门”的雕像。登上四国山地的屋脊、四万十川的发源地——天狗高原，仰望漫天星辰，遥想当年龙马与虎太郎那些志士们的理想抱负，亦是兴之所至。

（大崎鼎）

长崎街道　了解日本近现代产业史的最佳选择

在闭关锁国下的江户时代，长崎是通往海外的唯一窗口，长崎街道则是连接长崎和江户的重要街道之一，它东起紫川之上的常盘桥，距长崎28.5千米，约230千米。途中有25处宿场，其中福冈县内有黑崎、木屋濑（北九州市）、饭冢、内野（饭冢市）、山家、原田（筑紫野市）6处。

离小仓最近的宿场是黑崎宿。在现在的北九州市八幡西区，600余米的道路上有100多棵松林木，一直存活至今。这条被称为“曲里松树林”的松林小道作为通勤之路，献给德川吉宗的象、《江户参府纪行》的作者西博尔德、《江户参府旅行日记》的作者、兰商馆的馆长凯普菲尔等都曾从这里走过，所以18年前笔者便下定决心，一定要来亲自体验一下前人们途经这里的感受。

根据伊能忠敬的古地图修复的长崎街道，只有60%的部分是以前的老长崎街道，因为部分路段已经成了废路，区划变更也改变了一部分之前的旧街道。尽管如此，人们还是能够感觉到200年前的场景，仿佛触手可及，并且从街道中有所收获。

小仓到饭冢之间的地区属于北九州工业地带，因此沿街道参观遗址，了解支撑日本现代化的产业技术，也是一个很好的选择。八幡地区旧九州铁道上有用砖瓦搭建的铁道桥；从高炉台公园的信号塔上可以眺望到国营八幡制铁所时代的东田高炉等工厂群；直方市煤炭纪念馆展示了煤炭产业发展过程中的产业技术；煤矸山如今郁郁葱葱，已全然不复当年景象，山中寺院立有矿难的慰灵碑和灾害碑；在筑丰煤炭产业遗址，可以了解到支撑着炼铁业和煤炭化学产业的兴衰史。游览这些历史文化景点时，能体会到1900年初工业化时代伊始，推进工业化建设的先驱们的心情。特别是重读直方煤炭纪念馆的参观学习记录，不禁意识到，从以展示实物的煤油提灯开发史为开端的与安全相关的一隅，到现如今全国各地开展的产业安全活动，这一过程中，极具时代先进性的普遍性活动得以传承与发扬。

长崎街道并非从黑崎宿至博多方向的沿海直接奔着长崎去的直达近路，而是特意向内陆延伸了。这条线路是福冈藩主黑田长政在参勤交代[①]时期命令建造的，其目的是为了各大名通过城下时节俭经费。了解了国营八幡制铁所选址时招标大战的逸

① 编者注："参勤交代"是江户幕府时期的一种制度，规定各藩藩主每年4月定期去江户城服侍将军。

闻、产业结构变革以及北九州工业地带发展史，令人分外感慨。

黑崎宿附近海拔623米的帆柱山，是北九州国定公园帆柱连山的中心，据传三韩征伐时神宫皇后的船桅所用的木材便是从此地开采运出的。据有关神宫皇后的记载，古代熊族曾在洞海湾供奉祖神的冈田宫里参拜神宫皇后。内野宿附近的王冢古坟是五彩斑斓的装饰性古坟，直至奈良的高松冢古坟被发现之前，一直是日本第一的彩色壁画。沿着长崎街道寻找着古代史的踪迹，亦是趣味良多。

本篇文章的范围虽局限于福冈县，但在一直通往长崎的这段路上，有很多从古至今的历史文化遗产，包括吉野里遗迹。尤其是进入佐贺县后第二个宿场轰木宿的关卡遗址，令人印象颇深。佐贺县当时实行与别处不同的双重锁国制度，对人员的出入均有严格的审查，在与轰木川所在的对马藩形成对峙的佐贺藩一侧设立关卡，在遗址观看介绍资料时，不禁想起冷战时期曾参观过的柏林墙。

沿着大道步行，既能了解那些从古至今流传下来的一般事物，也能学习当时领先于时代的先进事物。街道是世世代代务必予以保护的珍贵遗产，希望能够得到世人的重视。

（中田邦臣）

伊万里、有田　名品陶瓷产地

伊万里、有田地区是瓷器的起源地，历史悠久，文化气息浓郁。这片土地所孕育的瓷器华美而高雅，受到欧洲王公贵族的追捧和喜爱。江户时代，瓷器因从伊万里港运出，故名“伊万里烧”。伊万里烧被称作“白色黄金”，是极为贵重的珍品。当时兼任波兰国王的萨克森选帝侯精心收集了两万件瓷器，推动了迈森等西洋瓷器的诞生。

明治时期伊始，瓷器作为日本的代表性产品被推选至欧洲万国博览会，极具日本风情的工艺品受到了极大欢迎。当然，众所周知，其核心产品“锅岛烧”即使在国内也是仅供皇族、大名使用的高级用品。在有田烧诞生400年的今天，当地为迎接未来的挑战，开始推行新的举措。

追溯有田烧的起源，要提到锅岛藩的藩祖锅岛直茂出兵朝鲜时从朝鲜带回来的陶工。制瓷场地位于伊万里的大川内山，现在是伊万里陶瓷观光的主要场所。在这神秘的大山中，立着瓷窑的烟囱，遍布着一个个作坊，处处弥漫着陶瓷之町的独特氛围。由于担心技术外泄，周围零零散散地分布着关卡，以及无名陶工之墓、传授技术的高丽人之墓、藩窑遗址等历史遗迹。坡道上的陶瓷店内有很多窑户，可以亲身体验制陶，悠然感受其中韵味。尤其是传统的青瓷陶窑、锅岛御廷烧、锅岛藩继承窑等从大火中诞生的艺术品，吸引着众人，看过绝不会后悔。（图 23）

接下来是有田。这里有日本屈指可数的瓷器街，在作坊、店铺林立的皿山街等地可以欣赏到古老城镇的恬静韵味。微微凸起的山丘上有批发市集，从高雅的美术作品到家庭用品，种类丰富，外形华美。在有田一定要去的地方是“人间国宝”酒井田柿右卫门窑、今泉今右卫门窑、井上万二窑等有名的陶工作坊。这些地方有众多精美的瓷器，可以尽情领略历史悠久的有田烧的华美和韵味。柿右卫门有很多稻草房顶的民居。有田烧特有的红色，其灵感来源于这里的柿子树，让人不禁遐想往昔情景。此外还有有田烧的发祥地泉山磁石场、用有田烧的碎片搭建的墙体，俨然一座瓷器之城。

游玩项目种类繁多，参观作坊、鉴赏瓷器、购买瓷器、制作瓷器等等，令人眼花缭乱。如果想深入了解有田烧，还可以参观县立九州陶瓷文化馆、町立有田陶瓷美术馆等博物馆。学习过瓷器的历史，更能深入感受其中的文化气息。在部分作坊里也可以体验彩绘、辘轳台等制作过程，生活中也可以使用自己制作的有田烧。

有田烧的收藏者众多，但由于价格高昂，对于普通百姓而言门槛过高。不过我们可以在当地饭馆实际体验一下用有田烧的瓷器吃饭，最好的和牛品牌“伊万里牛”、有田烧五膳、供顾客自由选择有田烧杯子的咖啡店等都是不错的选择。

说起伊万里、有田的住宿，不得不提的是嬉野温泉。嬉野温泉位于历史悠久的温泉小镇，游客可以享用精美的有田烧瓷器和当地料理。温泉对面则是将长崎文化带至江户的长崎街道。泉水质量上乘，可以使皮肤变得光洁顺滑，是日本三大美肌温泉之一。

当地特产嬉野茶香气沁人心脾，久负盛名，而用有田烧来品尝嬉野茶，则更添一丝风情。嬉野茶始于室町时代，历史悠久，江户时代末期出口至欧洲，风靡一时。幕府末期曾与有田烧一道作为日本的代表产品参加欧洲万国博览会，好评如潮。长崎女杰大浦庆通过出口茶叶积累资本，用这笔资产支援了坂本龙马和大隈重信等维新志士。

这里靠近南洋贸易的据点平户，与近代欧洲有着深厚的渊源，生活、文化、历史气息浓郁。

（高井俊成）

“长崎物语”与“军舰岛”

自古以来长崎就是日本与外国交流的窗口，是日本重要的港口城市。江户时代日本长期奉行闭关锁国政策，长崎的初岛唯一能够与荷兰、葡萄牙通商的地方，如今成了日本的旅游胜地。（图 24）

长崎因坡道众多而闻名，其中具有代表性的便是荷兰坡。坡道众多的城市景观构成了日本国内别具一格的异域风情。

这里有坂本龙马创立的日本最早的贸易公司“亀山社中”和“海援队”的遗址，其中还有思案桥附近的花月饭馆，其大堂的柱子上至今仍留有坂本龙马醉酒后挥刀砍过的痕迹。在能够一览长崎港风光的风头山山顶上矗立着坂本龙马的铜像，龙马双手抱在胸前眺望着东海。无论何时见到，均令人极为震撼，印象深刻。

还有一个不能不提的便是歌曲形式的“长崎物语”。

以著名的《长崎之钟》为首，《长崎今日也下雨》《长崎姑娘》这些“长崎之歌”都是脍炙人口的名曲。

据 1987 年发行的《长崎与歌声同行》（宫川密义，长崎文献社刊）记载，迄今为止关于长崎的歌谣、民谣、童歌已超过 900 首。这与长崎厚重的历史底蕴、“长崎（Nagasaki）”一词本身很适合作为歌曲音符的韵律感是分不开的。

此外，笔者还要介绍一下军舰岛，这是一提起长崎旅游大家脑海中就会迅速浮现出的一个地方。军舰岛的正式名称是长崎县长崎市（旧高岛町）端岛。军舰岛是一座离岛，于 2015 年 7 月被写进联合国世界文化遗产名录。

端岛自明治时代至昭和时代一直作为最优质的原料炭的海底矿产地而繁荣兴盛，方圆一公里的岛上高楼林立，最繁华的时期岛上人口多达 5000 余人，人口密度位居世界第一。然而，由于无法逆转能源革命的大势，于 1974 年 1 月被迫封矿，岛民相继离岛，逐渐变成了无人岛。

那么，人们为何称其为军舰岛呢？原因是这座岛屿的远景与 1921 年左右长崎市三菱长崎造船所建造的日本海军军舰“土佐”号极为相似，不知不觉间人们便称其为“军舰岛”了。

端岛煤矿盛产优质的强黏性煤，和相邻的高岛煤矿共同支撑起日本的现代化进程。军舰岛在封矿后依然属于三菱材料公司，但应高岛町要求，于 2001 年无偿转让给高岛町，又经历了平成大合并，变成现在的长崎市军舰岛。

此后，长崎市投入了数亿日元的旅游开发资金，修筑了护岸工程和参观道路，2009 年 4 月开始有参观学习者到访。3 年间共有 27.5 万人前往参观，形势一片向好，由此带来的经济效益累计高达约 65 亿日元，成为长崎观光的新支柱。

从长崎大波止港口坐观光船去往军舰岛，单程一小时有余。大正时代建造的日本最早的混凝土建筑历经百年风霜，至今仍屹立不倒，成为历史遗产。到访者无不感动于其坚韧的“废墟之姿”，因此也被视作现代化遗产观光景点的成功典范。

（荻原秀留）

阿苏山　世界顶级名火山和温泉天堂

包括熊本市在内的 11 个市、町、村约 100 万人的水源均来自于阿苏山的地下河流。这样的都市不仅在日本国内绝无仅有，在世界范围内也极为罕见。这种水循环的奥秘在于当地年降水量的三分之一都转化为地下水，地表构造的蓄水力极强。400 年前，加藤清正看见源源不断的地下水，认为此地适于防守，于是建造了熊本城。

在水前寺公园可以乘坐始于大正时代的城市电车。水前寺公园的全称是“水前寺成趣园”，过去是当地藩主细川家建造的大名庭园，是一座由阿苏地下水喷涌而出所形成的以水池为中心的桃山式回游庭园。其绝妙之处在于可以欣赏到东海道 53 站的景观，丰富的地下水从池中喷涌而出。笔者幼年时代曾因为水会涌上来而感到不可思议，因此屡屡到访此地。（图 25）

日本现存古城超过 100 处，而凛然屹立于街道中心的熊本城则彰显着别具一格的存在感，被列为日本“三大名城”之一。

见者均豁然开朗，不禁大呼“原来如此”。笔者在高中时代考试失败时总会在熊本城上悠闲踱步。不知为何，如此便会渐觉心胸宽广，认识到人生不只有考试这一件事，闷闷不乐的心情也一扫而空。大概是出于坐拥一城的宏大感吧。

有一座被称作“武者返回”的石垣城墙，若是靠近观察，便会明白这座城易守难攻，“武者返回”也绝非浪得虚名。城中120 口井如今还存有 17 口。护城河里没有水，却仍算得上水城。登上天守阁之后，便可通往已被复原的华丽的本丸御殿。

在熊本城附近有颇具城下町风情的“新町、古町”，在这里随意走走，边吃边逛是极好的。提起熊本，不得不说说马肉刺身和芥末炸藕。据说加藤清正出兵朝鲜时，粮草用尽，只能食用战马，从此也就诞生了马肉刺身。芥末炸藕则是清正于外护城河栽种的莲藕和日式芥末搅拌在一起的应急食物，是细川家的私藏料理。熊本当真是处处都与清正密不可分啊。

阿苏的守护神是阿苏神社，相传建于公元前 282 年，这里有长生不老之水“神之泉”。门前町的 14 处可以直接饮用泉水的地方称作“水基巡”。阿苏中岳上可见袅袅升起的火山云。在去往中岳的途中，在破火山口内宏大的牧歌式“草千里”附近坐落着阿苏火山博物馆。火山口处安装有摄像头，博物馆里实时播放摄像头所拍摄的中岳火山口的影像，火山喷发时禁止人员进入火山口，这时大家可以通过监控影像看到火山急剧喷发的景象。这座世界最大的破火山口的外轮山有展望台，叫作大观峰，是由德富苏峰命名的。于此处映入眼帘的则是一片白云青山，宏大的破火山口盆地内的村落和阿苏五岳一览无余。流经熊本市内的白川，其最上流部分的流水突然喷薄而出的地方便是白川的源头。每分钟60吨的涌水量可谓是大自然的鬼斧神工。

阿苏山带来的大自然的恩惠和丰富的地下水资源，构成了许许多多的温泉群。黑川温泉是全国屈指可数的人气温泉胜地，其概念是“视整条街为一个旅馆，道路便是走廊，旅馆即为客房”。2009年版的《米其林绿色旅游指南日本册》中破例将其认定为二星级温泉，不过，即使没有外国机构的认定，大家也无法忽视它。拥有“异空间旅馆”的阿苏地域温泉是很久以前便有的温泉场，如今非常受运动员的欢迎；水量丰富的内牧温泉的直流水也颇具人气；山鹿温泉和杖立温泉亦各具风情。阿苏山作为世界顶级的名火山，同时也是名副其实的温泉天堂。

2016年4月14日，熊本发生地震。包括熊本城、阿苏神社在内的10万栋建筑、房屋受损。熊本是笔者度过了高中时代，送走了青春岁月的故乡，永远令笔者怀念不已。笔者衷心地祝愿受灾人民健康平安，衷心祈祷城市能够重建。为了早日重振灾区，也恳请读者们一定去熊本游玩。

（高濑亲史）

臼杵石佛　四群五十九尊的磨崖佛

臼杵市位于日本大分县东南部，最辉煌的时期里曾是九州最大的战国大名大友宗麟居住的臼杵城的城下町。此处作为南洋贸易的据点，天主教文化也颇为盛行。从关原之战到明治时期废藩置县的 270 年间，作为藩主稻叶氏统治下的城下町而繁荣兴盛。在这样的历史背景下，当地历史遗产、文化遗产、传统活动众多，街景具有浓厚的怀旧气息。臼杵的红鳍东方鲀等美食也吸引着全国各地的美食家们。

这篇文章主要介绍的，则是臼杵的代表性事物中的重中之重——臼杵磨崖佛（即臼杵石佛）。

大分县的磨崖佛数量众多，据说占全国七成，以臼杵、丰后高田、丰后大野等磨崖佛为代表。磨崖佛是指建造于陡峭悬崖的露石上的佛像。以开采出来的岩石为材料雕刻出来的佛像，是一种独特的艺术品。然而有时不做过于严格的区分，将臼杵的佛像统称为臼杵石佛，以下简称“石佛”。

臼杵石佛位于距臼杵市中心西南方向 8 千米的深田地区，共有四组石佛群，即古园石佛群、山王山石佛群、伯耆石佛第一群、伯耆石佛第二群。“伯耆”即为“悬崖”之意。这四组石佛群的五九体石佛被视为日本磨崖佛群唯一的国宝。

这些石佛群分别代表人生中的不同阶段，山王山石佛代表幼年，伯耆石佛第一群代表青年和壮年，伯耆石佛第二群代表参透世事的老年。在伯耆石佛第一群中有一座面带微笑的爱染明王像，如同爱神丘比特一样代表结缘之神。第一群和第二群的区分标志是“龛”，即开凿断崖用来安置佛像的场所。第一群有四个，而第二群有两个。

古园石佛群中最为尊贵的是金刚界大日如来像，可以说是整个臼杵石佛的象征。曾经很长一段时间里大日如来像的头部垂落着放置在佛体下的台座上，直到 1994 年 3 月的昭和大修复工程中得以恢复原貌。

古文书中不曾有关于臼杵石佛建造的记载，佛像特征、建造年代、发起人身份等等均不明。然而，1914 年，京都帝国大学的小川琢博士在实地调研的基础上发表了《日本石佛小谱》，此后学界便展开了考古学、历史学、地质学、东方美术史等具有高度专业性的研究。

经过长期研究，学界认为大部分佛像建造于平安后期、末期，一部分建造于镰仓时期。崖壁是阿苏山火山碎屑形成的溶解凝灰岩，质地柔软，易于雕刻。雕刻者为木雕佛像师，或是由他指导、监督的石匠。臼杵石佛与国东半岛盛行的六乡满山文化的样式有着时代上的差异，直接关联性较弱。

至于是谁、出于何种目的建造了石佛，至今仍未有定论。在当地民间传说《真名野长者》中，真名野长者为了悼念他的女儿般若姬（用明天皇在皇子时期伪装潜入丰后国时的妃子），向中国天台山送去黄金 3 万两，请莲城法师从中国来到日本建立满月寺，此后又历时数年在深田建造了石佛。这个传说至今仍在臼杵广为流传，但传说中的年代与实际建造的年代有数百年之差，所以从学术角度来看无疑是不可信的。现在较为可信的说法是，石佛属于丰后大神或绪方氏。

正如前文所言，臼杵石佛是由溶解凝灰岩所造，易被水侵蚀，所以曾渐渐崩坏。自平安后期 900 余年之后，在 1980 年至 1994 年的 14 年间，当地人设立了新的安置场所，进行了佛像修复和表面树脂处理，积极推进了全民参与的大规模修复工程。臼杵市民将石佛视为心灵归宿加以崇敬、爱戴，此实乃吾辈游客之幸。

（筱田纮明）

花海、星空和秀丽的雾岛连山

宫崎常常给人以气候温暖的印象。的确，宫崎面朝日本暖流黑潮流经的日向滩，冬季也很温暖，适宜居住。然而，养育笔者的这片位于宫崎县西南、包括高千穗山峰在内的山地地区，冬季气候严寒，经常能够见到厚重的积雪。或许没有人会相信，在宫崎县和鹿儿岛县交界处的海老野高原上，有一个日本最南端的室外滑冰场，可以见到与固有印象里的南国风光截然不同的景色，着实有一种“宫崎”这个名字本身所具有的凛冽感。

去宫崎旅行，一般情况下可以乘飞机，其实使用铁路交通会别有一番风情。JR 肥萨线吉松站，是连接宫崎县都城站的吉都线的始发站和终点站。搭乘从吉松站向宫崎方向进发的柴油列车，须臾间便有一片田园映入眼帘。将视线稍稍上移，便能看到前进方向左侧的九州山脉、东南方向右侧的雾岛连山。雾岛连山位于宫崎县与鹿儿岛县交界处，其最高山峰为韩国岳，据说之所以叫“韩国岳”是因为从山顶望去能够看到韩国，故而因此得名。实际情况又怎样呢?

事实上，雾岛连峰和远处的鹿儿岛锦江湾、樱岛和开闻岳都能够畅快地一览无余。韩国岳的登山口是海老野高原，前面提到这里有滑冰场，5 月有紫红色的九州杜鹃盛开，夏天的火口湖水面湛蓝，秋天的红叶层林尽染，一年四季各有不同的色彩。

从宫崎一侧走下海老野高原，便是生驹高原。12 万平方米的高原上，初春时节，油菜花绽放成一片汪洋，漫山遍野都是色彩斑斓的冰岛罂粟。入秋时节又有五颜六色的大波斯菊争芳斗妍。

笔者所在的小林市被选为“日本第一星星之乡”，在这里的天体观测处“北雾岛宇宙飞船发射场”可以眺望到璀璨星河。走下生驹高原，便是出山公园。原本这里是作为食用鲤鱼的养殖场和鲤鱼料理店而繁华起来的，最近几年，宫崎县内的鲟鱼养殖试水成功，于是大家在这里也可以品尝到鲟鱼刺身和鱼子酱了。泉水清澈而充足，甚至可以看到源氏萤火虫。

重新回到列车上，向车窗外望去，最东南端可以看见一座左右对称的山峰，那便是美丽的高千穗山峰。虽然 1574 米的海拔并非很高，但冬天时山顶堆落着层层积雪，山峰在湛蓝天空的映衬下神圣而庄严。这份庄严与其神话色彩不无关系。根据《古事记》和《日本书纪》的记载，天照大神的孙子琼琼杵神从天上下凡时降落在了高千穗，高千穗峰便是其落脚点之一。山顶有琼琼杵神从天而降时插入的天逆矛。司马辽太郎在《龙马风云录》中写到，在寺田屋事件中死里逃生的坂本龙马登上这座山时拔出了天逆矛。然而对此大家认为不过是司马辽太郎对坂本龙马过于敬畏罢了。

方才提到天孙下凡时降落在高千穗，除了雾岛连山的高千穗峰以外，还另有一处——宫崎县北部的高千穗町。这里有很多闻名遐迩的观光景点，如传说中天照大神仙逝的地方天岩户、以真名井喷泉而闻名的高千穗峡谷等等。不过，韩国岳、海老野高原为首的高原群、将其与高千穗峰连接起来的雾岛连山，这些美景也同样都是宫崎县的财富。

（山田俊雄）

九州最南端的风光与历史

笔者去了鹿儿岛南端的指宿旅行。

第一天想要不受拘束地凭心情随意走走，于是选择了可根据个人计划自由乘坐的周游巴士。首先参观了今和泉，这里是德川第 13 代将军德川家定的夫人、曾改名为天璋院并在幕府末期为日本倾尽全力的笃姬的故乡，属于今和泉岛津家的领地。笃姬度过了幼年和少年时期的今和泉府邸，现在已经变为小学。昔日宏伟的宅邸早已不复存在，此处仅仅作为“笃姬因缘之地”而落寞地存在着，遥想笃姬在离开今和泉去往江户那个光怪陆离的世界、成为江户城大奥的女主人之前，也曾只是一个天真烂漫的少女，便难免被历史的沉重所震撼。

下一个游览的地方是池田湖。作为九州地区最大的湖泊，这里有体长两米的大鳗鱼，也有水怪“伊西”，充满了神秘色彩。从池田湖乘坐周游巴士远眺开闻岳，驶向长崎鼻。长崎鼻是位于萨摩半岛最南端的海岬，别名龙宫岬，也是海龟的产卵地，传说浦太郎就是从这里进入了龙宫。这里还有供奉丰姬的龙宫神社。

第二天做好准备后，笔者便出发去指宿海滨酒店。这座休闲酒店远离嘈杂的指宿市中心，可以领略风平浪静的锦江湾风光。登记入住并稍作休息后，体验了石蚕浴。温暖的温泉水包裹着全身，将旅途的疲惫、心灵的倦怠一扫而空。温泉过后便可以享用酒店精心准备的晚餐了。一边畅饮酒店特别准备的当地特色铭烧酒，一边品尝多粑银带鲱刺身，和巴克夏猪肉等当地特有的山珍海味，度过了一段幸福的美食时光。饱餐后笔者带着满足感和烧酒的微醺感放松身心，提早入睡，为明天的行程养精蓄锐。

第二天，由于公共交通实属不便，又想畅游此地，笔者租了一辆汽车。先是沿着国道 226 号一路向西，不久便到达当天的第一个目的地——坊津。坊津在中国明代，与安农津（三重县）、博多津（福冈县）并列为日本三大港口，是繁华一时的贸易港口。日本闭关锁国后，成了萨摩藩的秘密贸易港口。方济各・沙勿略第一次来到日本时便是从这里登陆的，在坊津历史资料中心便可以看到这段意义深远的历史。

从坊津到萨摩半岛最西端的野间海岬，开车大约一个小时，途中能饱览坊津双剑石、雄伟壮观的东海和海岸线曲折复杂的里亚斯型海岸景观。这里的海岸也是 20 世纪 60 年代上映的电影《007》系列第五部《雷霆谷》的取景地，当地建有 007 取景纪念馆。这里也被选作了这部电影中渔村的场景，可以俯瞰市町的高台上竖着一块石碑，刻着肖恩·康纳利和丹波哲郎的签名。即使不是电影发烧友，也很想去看一看吧。

在最西端的野间海口展望东海，然后沿国道 226 号线继续前进，就是可以看到鲸鱼喷水的大浦了。这里的“鲸之丘”展示着陷入干拓海岸的暗礁中没能营救成功的抹香鲸的完整骸骨。

最后，便是这一天最后的目的地——知览。首先去游览了素有“萨摩小京都”之称的知览武家宅邸庭园。街区整体像箱根一样，非常寂静。而“知览特攻和平会馆”的氛围则截然相反。会馆中展示着陆军特别攻击队队员的遗照、遗物、记录等贵重的资料，有效地发挥了传承“尊重生命、珍爱和平”精神的作用。

笔者一边沉思生命的尊贵、和平的珍贵，一边由县道 232 号线踏上了去往指宿的归程。

（山之内宪夫）

“东方的科隆群岛”与六调舞蹈

笔者的家乡奄美大岛，是远古时期从大陆分离出来，独立进化而成的，动植物和固有种类众多，被称作“东方的科隆群岛”。接下来就带大家走进奄美大岛。

奄美群岛位于九州西南部北纬 28 度的亚热带地区，除本岛奄美大岛以外还有 5 座岛屿。其中最大的岛屿“本岛”是日本仅次于佐渡岛的第二大岛。亚热带海洋性气候，夏季平均气温 32~33℃，冬季平均气温 13~18℃。南北狭长，山地众多，北部多平坦耕地，盛行种植甘蔗。中南部以山地为主，有大片原生林。南北在文化上也有些差异。当年父母年轻时背井离乡去了东京，所以笔者在东京出生、长大。父母去世后参加同乡会，回家乡探望由叔父管理的本家时，一种强烈的眷恋之情油然而生。

奄美的历史极为悠久，在 3 万年前的遗迹中发现过人类的踪影。据《日本书纪》记载，7 世纪时曾多次朝贡，是大和朝廷的直辖地，同时也是遣唐使的中转站，向正仓院供奉大岛绵绸。中世纪时也与外界交流广泛，中尊寺金色堂可以看到奄美生产的螺钿。15 世纪琉球王国统一，独立列入明朝的藩属国。奄美虽归琉球王国统治，但实际上奄美人一直处于一种抵触心理。冲绳人更在意自己冲绳人的身份，而奄美人却只认为自己仅仅是日本人。

江户幕府成立后，幕府命令萨摩藩进入琉球，庆长十八年（1613），琉球被迫割让奄美群岛。幕府在奄美设立了几处代官所，笔者是北部赤木名代官的后人。赤木名是最大的代官，也是甘蔗的产地。在笔者本家的一角，矗立着鹿儿岛县历史遗迹——代官屋遗址的石碑。

听祖母说，如果笔者父母当年没有去东京，就会作为长子继承家业。这难免使笔者感慨万千，如果真的继承了家业，我们的人生又会有怎样的变化呢？

萨摩藩为了独占甘蔗的收益，施行严苛暴政，剥削压迫。这在某种程度上也使得萨摩藩经济实力强劲，在萨英战争中得以取胜。人们之所以不顾这段残酷的历史，依然坚定地深爱着日本，有很大一部分是由于西乡隆盛。倒幕运动时，西乡隆盛在奄美只是临时避难，却努力缓解了萨摩藩的剥削与压迫。

明治维新实施废藩置县后，奄美群岛归入鹿儿岛县。“二战”后处于美军占领之下，但本土恢复运动愈演愈烈，署名运动的支持率高达 99.8%，于是，1953 年 12 月 25 日，奄美群岛被作为圣诞礼物归还给日本，比冲绳回归早了 19 年。

奄美的自然环境非常独特，这里生活着奄美黑兔、长毛鼠、松鸦等被视为天然纪念物的珍稀动物；既有美丽的海岸，也有最北段茂密的美洲红树原生林。但要警惕岛上含有剧毒的蝰蛇。

奄美的文化同样独特，虽然与琉球属于同一文化圈，实际上却大不相同。岛上民谣的音节也各不相同，并非宫廷文化，而是百姓日常的民俗音乐。歌者虽然并非专业出身，却时常在日本民谣比赛中名列前茅，名人辈出。宴会上人们唱着民谣，最后打击太鼓，欢快地演奏三线，大家一起跳着六调舞。大部分的场景至今回想起来也历历在目。

大岛绵绸也很著名，但作为日常服饰来说价格过高，现在只是被人们当作工艺品。食物方面一定要尝尝鸡肉饭，虽然是往日贫困时期传承下来的食物，但相当美味，连美智子皇后都很喜欢，当地人也引以为傲。还有黑糖烧酒，虽不是大众化产品，但一定要试试原浆酒，绝对值得。笔者也会常常让人寄一些过来享用。

本岛的南端毗邻加计吕麻岛，途中透过玻璃船底可以看见美丽的珊瑚。然而也能看见那些海上特攻队征战过的岩洞，不禁令人想起往事，泪流满面。

（寺尾胜汎）

甘蔗研究　从古巴到粟国岛

1988 年，当时在商行被称为“古巴先生”的笔者成功中标了古巴纪念革命 35 周年的水族馆项目，正是春风得意的时候。笔者考虑为古巴做点什么作为回礼，于是想到深度开发古巴的甘蔗资源，提升甘蔗附加值这一方法，当时古巴的甘蔗在世界上是居第一位的。以甘蔗蜡为原料生产降胆固醇药剂等项目本来进展顺利，但 1991 年风云突变，经济互助委员会解散，古巴陷入经济困难，笔者也就此失业。然而，笔者仍然继续细致地推进研究，1997 年，笔者和邮政省进行的甘蔗纸樱花邮件、喷墨打印新年贺卡明信片的开发获得成功，1999 年笔者被招聘至三菱制纸公司。

此后笔者的事业一直顺风顺水，2006 年提出的甘蔗综合利用构想得到了国家和冲绳县 3 亿日元的设备建设投资，在纯天然无农药的粟国岛开始了农业“大冒险”。抗衰老糖丸、甘蔗纤维材质的冲绳特色服饰、缓解疲劳的营养品等，笔者开发了很多新产品。然而，过于狭小闭塞的岛内环境使事业难以进行拓展，因此第七年时公司撤出冲绳，如今在“生物量株式会社”旗下，以向日葵、高粱在内的一年生草本植物为对象，以功能性食材为核心，继续进行研究开发。

冲绳的婆婆们在田间地头咀嚼甘蔗，普遍寿命很长。甘蔗芯部含有有利于营养均衡的矿物营养素和抗氧化能力强的多酚，是精制白糖所没有的。这二者都是有益于身体健康的重要成分。咀嚼时唇周的白色粉末（即甘蔗蜡）是能够提高运动持久力的二十八烷醇。粟国岛处于无农药环境，甘蔗自然生长，含有最均衡的营养成分，因此抗老化效果很好，被广泛应用于各类商品中。甘蔗的光合作用和二氧化碳固定速度也比普通植物快将近 4 倍，人行走在甘蔗地里，会明显感觉到空气的无限透明。

每日 9 时 55 分有一艘渡船从那霸出港驶向粟国岛，浪高 4 米以上时则停航。如果停航，岛上的人拿不到面包、牛奶、报纸等日用品暂且不说，最令人头痛的是会耽搁重要机械的修理。

抗衰老糖丸的制作工序大概是这样的。八点半，笔者和一位雇用零工一起开始甘蔗分离机的投入作业，耗时 3 个小时，然后一人进行设备操作，直到完工。抗老化糖制作的关键在于还原、发酵、菌类处理等多重环节，如果操作不得当便会变成糖块。虽然非常辛苦，但有一次偶然间发现了可以解决全部问题的技术，自然是不胜欣喜。凌晨一点钟左右，完成这一天的工作，关上灯，在没有街灯的岛上，便可以看到钻石般璀璨的漫天星辰。

第二天的工作主要是清洗设备，需要花上一天的时间。工作之余，笔者还抽空为游客做观光向导。登上南边的展望台，三面环海的绝佳景色便可一览无余。下了展望台再往南走 20 米便是海拔 85 米高的悬崖，悬崖之下是湛蓝而清澈的海水，也是一处潜水胜地。

刚刚详细描述了糖的制作工艺，但比起糖，粟国岛更著名的或许是盐。制盐厂汲取干净的海水，在竹制立体式盐田塔中进行浓缩、锅煮、脱水、干燥等工序之后，人工去除杂质并进行包装。木柴是锅煮环节非常重要的燃料，但在岛上难以获取，必须从本岛用渡船运过来。当地出产的食盐，价格虽然是普通食盐的 3 倍之高，味道自然也完全不同。制盐厂的小渡幸信厂长总是喋喋不休地讲述着关于糖和盐的故事。

“二战”前岛上有将近 3000 人，现在实际生活在这里的却只有 600 人，空巢现象愈演愈烈。由于劳动岗位少，当地正在通过发展甘蔗产业遏制人口流失的趋势。

来访的朋友们在离开时，虽然张口便说“虽然看似没有什么……”但这也正是这里值得拜访的价值所在。

（高村善雄）

Direct Force 观光立国研究会简介

一般社团法人Direct Force是平成十四年，担任过企业等机构经营管理干部的各界人士利用自己的智慧、人脉，以奉献社会、自主研究为目的创立的。目前共有约600名实际会员，设有环境、教育等5个部门，观光立国等3个研究会。另有22个爱好者协会，互通各自的兴趣，扩大交流范围。

观光立国研究会是关心地方创生政策，希望能够贡献绵薄之力的30名会员启动的项目。平成二十七年2月，总结并向观光厅提出了《关于观光立国与地方创生相结合的提案》。以建设公共基础设施为中心，在具体政策方面与观光战略负责人交换意见，共享信息。

本书的发行由此研究会提出，并在会员中广泛募集作者的成果。请读者们务必去当地领略日本多姿多彩的不凡魅力。尤其是人与自然和谐共生理念下日本独有的美妙风光，如果能得到各位的重新审视，和更为深刻的理解，我们将不胜荣幸。这是我们发行此书的目的，当然如果这本书能够对观光立国和全国各地的地方创生有所裨益，将是意外之喜。

Direct Force 观光立国研究会　召集人　横井时人

作者一览（按五十音图顺序）★为编委会成员

姓名	所属企业	执笔区域
雨森理克	伊藤忠商事	岛根
市古纮一	朝日生命	山梨
今井智之	SHELL JAPAN	静冈
海老原政德	第一劝业银行	长野
大崎鼎	奥利安商事	琦玉、高知
小栗诚治	日本银行	滋贺
★角谷充弘	昭和电工	奈良
木口利男	瑞穗银行	冈山
喜藤宪一	大荣	秋田
仓地育夫	布里奇斯顿	爱知
合田隆年	宇部兴产	山口、香川
★小林慎一郎	三菱材料	秋田、东京
小林恒夫	安田生命	山形、三重
绀野猷邦	日本航空	北海道
嵯峨野彰	安田信托银行	千叶
樱井三纪夫	日立制作所	茨城
七字祐介	大成建设	大阪
筱田纮明	富士银行	大分
★嶋矢志郎	日本经济新闻社	岩手
角忠夫	东芝	福井
★高井俊成	日本长期信用银行	佐贺

姓名	所属企业	执笔区域
★高木健次	日本开发银行	新潟、富山
★高濑亲史业	日本化成工熊本	熊本
高村善雄	三菱制纸	冲绳
★ 高山重宪	古河电气工业	群马
★ 武部晃二	三菱商事	神奈川
田边忠夫	关西电力	大阪
谷口扩朗	KDDI	德岛
段谷芳彦	丸红	岛根
坪井庄一郎	富士银行	长野
寺尾胜汎	丸红	鹿儿岛
寺崎志野	东丽	岩手
寺崎直通	联合国	兵库
寺田弘	住友轻金属工业	石川
中田邦臣	三菱化学	福冈
中塚晴夫	东芝	德岛
★萩野弘二	KUREHA	和歌山
★萩原秀留	三菱材料	静冈、长崎
林孝男	日本 IBM	宫城、京都
原敬治郎	电器化学工业	滋贺
平井隆一	太平洋 CEMENT	鸟取
广濑义隆	日立制作所	岐阜
★藤田卓	丸红	东京、京都
边见敏江	伊藤洋华堂	新潟

姓名	所属企业	执笔区域
真木郁夫	住友金属矿山	爱知、爱媛
真濑宏司	日本 IBM	神奈川
★松本一纪	东京电力	长野、富山
水野胜	丸红	兵库
宫下博文	信越化学	福岛
桃井直达	相生损害保险	北海道、香川
山田俊雄	东京国税局	宫崎
山之内宪夫	三菱重工业	鹿儿岛
★横井时久	丸红	枥木、新潟
横内俊夫	东芝	青森
若山正纯	松田	广岛

结　语

最初我们是在一无所有、前途未卜的情况下号召大家积极参与此次企划的。在没有原稿、没有对作者人数进行预估的条件下开始了这本书的编撰。质疑声纷至沓来："不要只有企划，拿出具体的进度安排。""作者的文笔能够胜任吗？""真的能够做到吗？如果企划中途'流产'了怎么办？""怎么保证书的质量呢？"……

原本，五十多位作者各自倾其所学撰写文章并汇编于一本书中的先例几乎是没有的。各位作者都是长年累月在实业界乘风破浪的杰出人才，我们唯有信任大家，破釜沉舟。有几位执笔者逐渐成了当地的观光推广大使。"当地有事业机构，所以我在那里生活过。回想起来觉得印象颇深。""50年前生活过的故乡早已塑造了我的人格，决定了我今后的人生。重新回想这段历程，其实是很有趣的。"大家有着各种各样因缘际会的体验和宝贵的经历。

日本各地的风情多姿多彩，各有不同。至今为止曾在那片土地上生活过的人们在漫长的岁月里留下了厚重的历史积淀，人们在各自的土地上不断地重复着那些重要的事。日本文化的基调并非是枯燥的单色，而是由有不同的系谱构成的，这些系谱之间又互有融合与重叠。所谓倾其所学，不是仅限于答疑解惑，而是知无不言言无不尽。重新唤醒这种意识，便是这本书的目的所在。

由9名成员组成的编委会共同促成了这本书的最终出版。成员们在一起探讨哪些话题是大家都能够接受的。探讨这件事，并非针锋相对各持己见，而是将自己所了解的相关信息坦诚相告，进行交流。过程虽然漫长，但不至于毫无进展。我们越谈越顺利，直至得出最终结论，而那些难题也得以解决。这同过去的集会演讲是一个道理。

当我们谈论观光时，其实是在谈论这个国家，谈论这个国家的魅力，谈论我们美丽的故乡。如果能有一个关键点使得人们刷新对当地的认知，那么自然会引起一些读者的质疑。请大家尽情地质疑，并以此为切入点，进行深入的思考，并进行验证，直至得到令自己满意的答案。

作为Direct Force成立15周年的纪念项目，这本书凝聚了我们的部分所学。很早便决定出版这本书的文艺社宫田敦是先生和三宅朋典先生在一年多的时间里始终如一地给予着我们亲切的指导。在此，我们对二位表示衷心的感谢！

编委会　共同代表　高木健次

图书在版编目（CIP）数据

日本深醉游 / 日本一般社团法人 DIRECTFORCE 观光立国研究会编；杨玲，朴丽华译．—北京：东方出版社，2019.8
ISBN 978-7-5207-0922-4

Ⅰ．①日…　Ⅱ．①日…　②杨…　③朴…　Ⅲ．①旅游指南－日本
Ⅳ．① K931.39

中国版本图书馆 CIP 数据核字（2019）第 052090 号

日本深醉游
（RIBEN SHENZUIYOU）

编　　者：日本一般社团法人 DIRECTFORCE 观光立国研究会
译　　者：杨　玲　朴丽华
责任编辑：刘　峥
出　　版：东方出版社
发　　行：人民东方出版传媒有限公司
地　　址：北京市朝阳区西坝河北里 51 号
邮政编码：100028
印　　刷：三河市金泰源印务有限公司
版　　次：2019 年 8 月第 1 版
印　　次：2019 年 8 月第 1 次印刷
开　　本：880 毫米 ×1230 毫米　1/32
印　　张：7.875
字　　数：159 千字
书　　号：ISBN 978-7-5207-0922-4
定　　价：42.00 元
发行电话：（010）85924663　85924644　85924641